© Bo Hansson 2020
Förlag: BoD – Books on Demand, Stockholm, Sverige
Tryck: BoD – Books on Demand, Norderstedt, Tyskland
ISBN: 978-91-7969-529-3

Förord

Denna bok beskriver två uppmärksammade mord, det enda de har gemensamt är att de är utförda i Fagersta och att båda var mycket omskrivna i tidningen under rubrikerna som "oljemillionär mördad i Fagersta" och "kvinna mördad i gångtunnel". Att morden tog så mycket plats i tidningar och även figurerade i GW Perssons TV program berodde på att de var så utstuderat grymma.

Fagersta är en vackert belägen bruksort med 13 600 invånare som fick stadsrättigheter 1944. Utan att ha forskat seriöst vet jag att det har begåtts fler mord i Fagersta. Min frus systerdotter mördades av sin knarkande fästman någon gång på åttiotalet. En bidragande orsak till att det skett så många våldsbrott i Fagersta kan vara att det förekom en arbetskraftsinvandring på sextio och sjuttiotalet. Det var järnbruket som behövde arbetskraft. När bruket lades ner blev många arbetslösa och flyttade från orten. Därför blev många lägenheter tomma.

Det i sin tur resulterade i att många invandrare som kom med början 2015 slussades vidare till Fagersta för där fanns lägenheter- men inga jobb. Mixen av arbetslösa ungdomar och kulturkrockar är naturligtvis en bra grogrund för brottslighet i alla former. Men jag vill inte peka ut Fagersta som en särskilt brottsbelastad plats, att de fall jag beskrivit utspelat sig där är nog en tillfällighet. Då det gäller första delen av boken, mordet på

Thomas Gröndal, är det många personer inblandade. Att dom har ryska namn underlättar inte, därför har jag börjat denna berättelse med ett persongalleri. Jag hoppas det skall underlätta för läsarna. Bilderna på bokens omslag visar Thomas och hans fru Ksenia.

6

Innehåll

Del 1 Ryska Maffian i Fagersta

Del 1 DEN RYSKA MAFFIAN I FAGERSTA

1 INLEDNING.

Under en period bodde och arbetade min son Jonny i Fagersta, det var år 2011 om jag mins rätt. Fagersta kan översättas till fager stad. Alltså på normalsvenska vacker stad, och man kan säga att staden gör skäl för namnet. Själv är jag bosatt i södra Stockholm och har varit bosatt i huvudstaden största delen av mitt liv. Vid några tillfällen reste jag och min fru dit och hälsade på honom. Min fru, som är från Finland, har en syster som bor där så vi har en viss anknytning till staden.

Då vi var där brukade Jonny visa oss runt i de vackra omgivningarna. När jag besökte honom andra gången berättade Jonny om ett uppmärksammat mord som utförts i kommunen för något år sedan. Han kände genom arbetet en person som i sin tur kände den mördade Thomas Gröndahl. Jag drog mig till minnes att det skrevs mycket i tidningarna om "Rysk torped mördar svensk miljonär i Fagersta," Det var en historia som kunde varit hämtad från en triller. Svek, girighet och slutligen mord, att handlingen utspelade sig i ett litet brukssamhälle gjorde fallet ändå mer anmärkningsvärt. Inte bara tidningar har följt upp fallet, det har också gjorts ett par TV program om det. G.W. Persson har gjort ett av programmen. Något som slog mig efter att sett TV programmen och läst tidningarna som skrivit om fallen, är vad många detaljer som utelämnas och / eller är felaktiga. I domarna som jag gått igenom finns många detaljer som är utelämnade i TV program och tidningar.

När jag kom hem googlade jag på vad som egentligen hänt. Hela historien var tragisk och alla inblandade framstod som förlorare, i synnerhet familjen Gröndal. Genom att skicka efter domen, som är offentlig handling, i Västmanlands Tingsrätt fick jag en noggrann beskrivning av vad som inträffat. Polisens utredning är bra genomförd och domen mot de inblandade har överklagats utan att ändras. Men det märkliga med detta fall är egentligen inte att en estnisk gruppering utförde ett mord för att beröva Thomas hans företag och förmögenhet. Det ovanliga är att trots att förövarna greps, lagfördes och sedan satt av sina straff. Trots det har Thomas dödsbo plundrats och de företag som var värderade till 50 – 80 miljoner är nu i konkurs och alla tillgångar är borta. Detta har skett med lagens goda minne. Visserligen pågår en utredning om oegentligheter som skett i samband med förvaltningen av Thomas dödsbo. Men den har pågått i fyra år utan att det verkar ha hänt något. Dödsboets förvaltare är en advokat som heter Magnus Ullman. Det har varit

många advokater inblandade men det är tydligen
ingen garanti för att rättvisa skall skipas. Det finns ett
amerikanskt talesätt om hur man vet när en advokat
ljuger? Svaret är: Munnen rör sig! Det är alltså det som
händer efter mordet som är det unika i detta rättsfall.
Man skulle kunna säga att efterspelet visar att det inte
bara är i Estland skurkarna finns.

Jag har tidigare skrivit tre böcker som närmast kan be-
skrivas som politiska triller. Men nu har jag material till
en triller som är hämtad ur det verkliga livet. Jag beslöt
mig för att börja med att åka till Fagersta och se på de
olika brottsplatserna. På min första resa träffade jag
också Marianne Gröndal, som är mor till Thomas. Hon
visade sig vara en källa att hämta uppgifter från, föru-
tom att hon var mycket tillmötesgående hade hon
också en väldigt klar bild över vad som hänt. Själv har
hon fört en kamp för att hjälpa Daniel mot myndighet-
erna och de ryska lycksökare som tagit över familjens
företag. Men jag insåg också att jag behövde prata
med så många inblandade som möjligt för att få en
opartisk bild av det som hänt.

Man kan tycka att det måste vara enklare att beskriva
ett fall som hänt i verkligheten än att hitta på en hand-
ling som jag gjort i mina tidigare böcker, - men det är
det inte. I ett verkligt fall går det så många turer att det
är svårt att beskriva det på ett överskådligt sätt. Jag
har satt mig in i domen och pratat med de inblandade -

inte minst Marianne Gröndahl, men jag har säkert ändå inte fått med alla detaljer.

Bo Hansson / Författaren

2 PERSONGALLERI

Det ingår många aktörer i denna berättelse, så för att underlätta för läsaren har jag gjort en lista över de personer som förekommer i historien. Jag sätter parantes runt namnet som sedan användes i boken

Familjen Gröndahl

(Thomas) Gröndahl. Mordoffer

(Marianne) Gröndahl. Mor till Thomas.

(Stig) Gröndahl. Far till Thomas

(Daniel) Gröndahl. Son till Thomas.

(Ksenia) Kotsneva-Gröndahl. Fru till Thomas.

(Valentina) Kotsneva-Mkrtchyan. Syster till Ksenia

(Arkadi) Mkrtchyan. Dömd för mordet, gift med Valentina.

(Zinaida) Chernukhina. Före detta sambo med Arkadi.

(Roman) Pavletsov. Kusin till Ksenia och utsedd till vårdnadshavare för Daniel. Och sedermera VD i Gröndahl koncernen.

(Torbjörn) Ander. VD för Gullvalls Torv och sedan VD i Gröndahl koncernen.

(Magnus) Ullman advokat, förvaltare av dödsboet.

3 Brottet

Måndagen den 27 april 2009 var en relativt varm dag med en temperatur på c.a 13 gr och svag SO vind 2 m/s och växlande molnighet. Mot kvällen blev det kallare och skymningen började falla över den lilla byn Brandebo, ett litet villaområde, som ligger någon mil utanför Fagersta.

Ingen kunde ana att i en av villorna vid infarten till byn satt en mördare och stirrade ut i den tilltagande skymningen, han väntade på sitt offer och hade gjort så under sex timmar. Han fick kontinuerlig information om var offret befann sig genom att ha en telefonkontakt med en kvinnlig kumpan som i sin tur hade telefonkontakt med offret. Han visste att offret åt kvällsmat i en villa som låg ungefär etthundrafemtio meter från det hus han befann sig i och som han hade uppsikt över. Mordet som han skulle begå hade han planerat länge, inget fick bli fel, han hade ingen lust att åter hamna i fängelse, den här gången skulle det kunna bli livstid. Men om han lyckades skulle han och hans tre kumpaner kunna kamma hem en vinst på åtskilliga miljoner.

Medan han satt och väntade lät han tankarna vandra. Hade han förbisett något? Som han kunde se det, var den enda risken att om någon av hans kompanjoner pratade bredvid munnen - då skulle det gå snett! Men genom att han involverat alla i det planerade mordet, skulle den som gjorde det, själv få ett kännbart straff för medhjälp till mord. En annan sak som var till hans fördel var att den svenska rättvisan var känd, eller snarare ökänd, för sin inkompetens. Ett land som får sin stadsminister mördad och griper en person som troligen är mördaren, men han kan inte fällas på grund av juridiskt klanteri. I slutänden är ingen lagförd för brottet - men den troliga mördaren fick en halv miljon i skadestånd för den tid han suttit arresterad. Mördaren kunde inte annat än le då han tänkte på det.

Offret är inte obekant för honom. Bara för fyra månader sedan var han gäst hos honom, åt hans mat drack hans sprit och utnyttjade hans gästfrihet. Ändå hatade han honom, kanske beror det på att han och offret är så olika. Själv är han en kriminell dagdrivare utan bostad och arbete och det är kvinnor som försörjer honom, han är med andra ord hallick. Det tilltänkta offret är en framgångsrik entreprenör och direktör, med fin villa och lägenheter i Stockholm samt pengar på banken.

Plötsligt ser han att en dörr öppnas i villan där offret är, och han ser att en bil startar. Med dunkande hjärta rusar mördaren upp en trappa till den plats bakom en soffa som han planerat att han skall gömma sig bakom. När han ligger bakom soffan kan han se när någon kommer upp för trappan, och då skall han skjuta. Tiden kryper fram när han väntar på att offret skall komma in genom ytterdörren. Kan han ha åkt någon annan stans? Men så hör han hur nyckeln vrids runt i dörren och han hör steg i hallen. Han håller pistolen med båda händerna, som poliser i polisser gör och siktar på den punkt där offret skall dyka upp. Men ingen kommer. I stället hör han hur offret går omkring på nedre plan, och han kan höra att han går in i köket för att hämta något. Offret mumlar något men mördaren kan inte uppfatta vad han säger. Mördaren blir trött av att hålla pistolen i skjutläge, hans händer börja darra och han sänker vapnet.

Då plötsligt hör han hur det knarrar i trappan och sedan går allt snabbt. Offret dyker upp och mördaren hinner se att han har en öl i handen, samt är iförd underkläder. Han får upp pistolen och trycker av, skottet dånar i det trånga utrymmet och eldsflamman gör att han blir bländad några sekunder. Knallen gör att det slår lock i öronen, han vet först inte om han träffat. Mördaren springer fram till trappan och tittar ner i hallen. Men han kan inte se offret, Han tvekar några sekunder, har han missat?

Han rusar ner för trappan och ser att ölflaskan ligger på golvet och att ölet runnit ut till en stor pöl, det är också blodspår i trappan och på golvet. Dörren är öppen och han förstår att offret sprungit ut genom ytterdörren. Med pistolen i handen rusar han ut genom dörren, den kalla kvällsluften slår mot honom och det har börjat skymma. Han ser ryggtavlan på offret som springer mot huset där han ätit kvällsmat. Det går långsamt för offret, han springer barfota i det tilltagande mörkret och han är chockad och skadad av kulan som snuddat tinningen, - men han springer för att undkomma döden. Mördaren rusar efter och tar snabbt in på offret, när dom närmar sig huset som offret springer mot är mördaren ifatt honom. Han lyfter pistolen och skjuter ytterligare ett skott på en halv meters avstånd. Offret faller framlänges, det andra skottet är dödande.

Mördaren kontrollerar inte om offret har avlidit, utan springer bara snabbt tillbaka till huset och hämtar sin ryggsäck och tar nycklarna till offrets bil och lämnar snabbt platsen i bilen.

4 Familjen Gröndahl

Fagersta är ett brukssamhälle som fick stadsrättigheter 1944. På femtiotalet expanderade staden och nya bostadsområden sköt upp som svampar ur jorden. Järnbruket var samhällets motor. Arbete fanns till alla som ville ha, det var till och med brist på arbetare i järnbruket så man tog in finska gästarbetare som sedan blev kvar. Det bildades en finsk koloni där många av den äldre ut första generationen fortfarande bor kvar. Man kan säga att Fagersta var en bild av det svenska folkhemmet som politikerna fortfarande talar om. Samhället hade allt som dess invånare behövde. Problemet då var att få en bostad, jobb fanns alltid. I dag är problemet det omvända, bostäder finns men inga jobb.

I dag har Fagersta en befolkning på 13 464 personer. Arbetslösheten är större än medeltalet för Sverige och största arbetsgivaren är kommunen med 1475 anställda. Medelinkomsten för stadens invånare är lägre än landet i övrigt och medelåldern är högre. Man kan säga att det är ett samhälle som stagnerat. En fördel är att det finns lediga bostäder, vilket var en av anledningarna till att min son flyttade dit.

*

På femtiotalet när paret Stig Gröndahl och Marianne Albertsson träffades var således Fagersta en stad med framtidstro, en plats som ungdomar från landsbygden i området drogs till. Stig arbetade då i Konsum och Marianne arbetade på posten. Tycke uppstod och 1953 gifte dom sig. Stig sökte, och fick, arbete som försäljare på oljebolaget Shell.

Så började en resa i oljebranschen som skulle resultera i flera företag som distribuerade olja och timmer. En period drev han också eget bolag, som sålde och distribuerade olja. Men i samband med den första oljekrisen lade Stig ner oljebolaget och fokuserade sig på distribution av olja och senare timmer. Det skulle visa sig vara ett lyckat koncept.

Men man skall veta att dom började med tomma händer, Framgångarna kom som en frukt av hårt arbete och genom att Stig var en duktig försäljare. Distriktet som Stig hade var Västmanland, och de flyttade en del under den första tiden. De bodde en tid i Ludvika och det var där de bodde 1964, då deras första och enda barn föddes. Det var en son som döptes till Thomas. Men det var ingen lätt förlossning. Graviditeten fick avbrytas för att rädda mor och barn och Thomas vägde endast 1240 gr vid födelsen. Förlossningen var i Falun och Thomas fick ligga i kuvös under tre veckor innan han fick komma hem. Det var en stressig period för den lilla familjen, men det slutade lyckligt och Thomas var dubbelt välkommen när han äntligen   kom hem.

Att han var enda barnet och så klen den första tiden gjorde naturligtvis att banden mellan mor och son blev ovanligt starka. Kanske för starka skulle det visa sig senare.

1967 hade den lilla familjen flyttat tillbaka till Fagersta och dom köpte den första begagnade bilen för olje-transporter. De fick låna fem tusen kronor för att kunna genomföra affären, det visar hur svårt de hade det att få ekonomin att gå runt i början. Marianne arbetade fortfarande vid posten och Stig sade upp sig och star-tade eget.

 Det var en tid med mycket arbete, Marianne arbetade på dagarna på posten och på kvällarna hjälpte hon sin man med det administrativa arbetet på firman. Firman växte och dom kunde snart köpa ytterligare en bil och anställa chaufförer, så Stig kunde fokusera sig på för-säljningen och att få företaget att växa.

Snart kunde Marianne sluta arbeta på posten och satsa helt på att arbeta i firman. För Thomas innebar det att firman blev ett andra hem. Från första början var han intresserad av bilar och hans mor berättar att han vid ett tillfälle lyckades starta en lastbil, som bör-jade rulla långsamt. Som tur var hann föräldrarna in-gripa innan en allvarlig olycka inträffade. Thomas var då ungefär sex år. Att Thomas skulle arbeta i firman i framtiden stod nog klart för de flesta.

Innan han började skolan var han en tid på så kallad lekskola, som det hette då. När han sedan började skolan i Fagersta så gick han från skolan till företagets kontor som låg i ett industriområde i Fagersta. Där var hans båda föräldrar, så han kom på så sätt att "växa in i företaget".

Skolarbetet fungerade bra från första början. Thomas hade inga problem att få kamrater och hans bästa ämne var matematik. När han blev äldre blev han också intresserad av schack.

Att de var hans bästa ämnen talar för att han i framtiden skulle kunna bli en framgångsrik entreprenör. Genom att spela schack fick han förmågan att "se flera drag framåt", något som måste vara viktigt för varje företagare.

När han slutade grundskolan var hans betyg så bra att han kunde komma in på fordonslinjen som var den linje han helst ville gå. Det var en linje som passade honom för han hade kvar intresset för bilar och han blev en duktig fordonsmekaniker. För företaget var det naturligtvis en fördel att ha kompetens så att de kunde reparera bilar själva, en stor del av företagets utgifter bestod i drift och underhåll av tankbilarna.

Så när han var klar med skolan ville han inte fortsätta studierna utan han började genast i familjeföretaget. En annan fördel med att kunna underhålla bilarna i egen regi var att kunde få ner kostnaderna för stillestånd på grund av reparationsarbete. Därför byggde de en verkstad som Thomas fick ansvar för. En bekant till Thomas berättar att han tillbringade nästan all sin tid i verkstaden. Det var naturligtvis ett stort ansvar för en artonåring att driva en reparationsverkstad. Men Thomas hade lätt för att ta på sig ansvar.

Men frågan är om det inte hade varit bäst för Thomas att börja arbeta någon annan stans. Nu stärktes banden ytterligare med hans mor. Hon har själv sagt att de var arbetskamrater på vardagarna och hon var förälder under helgerna. Det kanske bidrog till att han inte umgicks med jämnåriga i den utsträckning som man normalt gör i den åldern. Hade han inte umgåtts så mycket med sina föräldrar kanske han skaffat egen familj tidigare. Men det är naturligtvis bara spekulationer.

Nät Thomas var arton år blev han delägare i firman med 50% och fadern Stig hade 50%. Det innebar naturligtvis inte att Thomas började styra och ställa på företaget - det var fortfarande föräldrarna som bestämde.

Thomas fokuserade sig på sin bit, att laga bilarna. Det är utan tvekan ett stort ansvar att stå för drift och underhåll på den växande maskinparken. Men Thomas var inte rädd för ansvar och det genererade i sin tur mycket arbete för honom. Det gällde hela familjen, att firman kom i första hand. Marianne berättade att det snarare var en regel än undantag, att dom fick arbeta under storhelger som jul och midsommar. Då var det Stig eller Thomas som fick rycka ut och köra ut olja till behövande kunder.

Det blir lätt så i ett familjeföretag, alla har intresse av att det fungerar. Om det blir problem måste man lösa det inom familjen och det var alla medvetna om. Att

Thomas blivit delägare gjorde honom naturligtvis mer motiverad att ställa upp när det behövdes.

5 Företaget växer

Åren gick och firman gick bra, vinsterna investerades i nya bilar och verksamheten svällde. Nu var Thomas så varm i kläderna att han började diskutera med fadern om hur firman skulle skötas och han hade ofta sin mor på sin sida. Det visade sig efter hand att han var en duktig entreprenör som såg möjligheter och kunde lösa problem. Fadern var mer försiktig och hade problem med att släppa kontrollen över det, som han ansåg, var hans skapelse. Stig genomgick en brockoperation som han aldrig blev helt återställd från, så han slutade arbeta i firman 2007. Stig var känd i Fagersta för att han arbetade mycket ideellt, under lång tid var han ordförande i stadens fotbollsklubb. Han skänkte också pengar till olika idrottsklubbar. En nära bekant till Stig berättar att så fort några ungdomar startade en idrotts-klubb kunde de vända sig till Stig. Då ordnade han så dom fick tröjor eller träningsoveraller, visserligen med företagets logga på, men de fick dom gratis.

6 Thomas och Ksenia, olika bakgrunder.

Thomas var relativt liten till växten (ca 160 cm), men han kompenserade det med att han var tidigt utvecklad för han hade fått ansvarsfulla arbetsuppgifter redan i artonårsåldern. Det som skilde Thomas från andra ungdomar i den åldern, var att han arbetade mycket mer och var mer upptagen än dom. Skulle kompisarna åka till Dalarna och "röja" på midsommarafton kunde Thomas inte följa med för han hade jour under helgen. Samma sak gällde kvinnor, det var svårt att ha ett varaktigt förhållande när han alltid arbetade. Det i sin tur resulterade i att han hade mindre erfarenhet av kvinnor, något som senare skulle bli ett problem för honom. Det innebar inte att han hade svårighet att få kontakt med människor, han hade sin fars förmåga att vara en duktig försäljare. Och han fick med tiden många bekanta både bland kunder och leverantörer. Men han pratade helst inte om sitt privatliv. En annan sak som skilde honom från andra jämnåriga var att han inte rökte och var väldigt måttlig med sprit. Han var helt enkelt en man som satte arbete före nöjen. Men det innebar inte att han på något vis inte umgicks med jämnåriga. Jag har pratat med en person som tydligen umgicks med Thomas när dom båda var unga, han vill vara anonym så vi kan kalla honom Bengt.

Han berättade att när dom var unga och ungkarlar så
åkte ett gäng till olika platser och festade, dom var
bland annat i Polen. Så Thomas var på intet sätt nå-
gon enstöring. Men efter hand gifte dom sig och blev
familjefäder så grabbgänget tunnades ut. Till slut var
det bara Thomas kvar. Alla förväntade sig att även han
skulle träffa någon kvinna och gifta sig och slå sig till
ro. Men det blev inte så, Bengt hade en teori att Tho-
mas och hans föräldrar ställde för stora krav på de
kvinnor han träffade. När han slutligen träffade Ksenia
så var hans gamla kompisar förvånade. De ansåg från
första början att hon var en lycksökerska som var ute
efter hans pengar. Men kärleken är blind, säger man.
Hur som helst kan man tycka att han på ett tidigare
stadie skulle sett tecken som tydde på att Ksenia hade
en annan agenda än han.

Firman gick nu så bra att de kunde börja investera i
saker som dom ville ha, 1992 byggde Thomas sin villa
i Brandbo, hans föräldrar byggde samma år en villa
bara några hundra meter från hans hus. Tillsammans
med modern köpte han också en lägenhet i Stock-
holm. Senare köpte han själv ytterligare en lägenhet i
Stockholm. Lägenheterna användes för att kunna
koppla av och få lite välbehövlig ledighet samtidigt som
det var en bra investering.

Man kan förstå Thomas, han hade visserligen några
korta förhållanden i Fagersta men oftast var han ung-
karl. Och då är inte Fagersta den plats som har ett pul-
serande nattliv. Han reste ofta till Stockholm och roade
sig och träffade kvinnor. Han såg bra ut och hade gott

om pengar så han blev ett eftertraktat byte för en viss sorts kvinnor.

En period var han förlovad med en svensk kvinna, hon kom från ett förhållande där hon blivit misshandlad. Förhållandet varade ungefär två år - sedan bröt hon det. Thomas tog det hårt. I Stockholm träffade han en thailändsk kvinna som hette A Saenla Iad. Hon hade ett förhållande med Thomas under ungefär ett år. Under den tiden hjälpte Thomas henne med pengar. Som mest fick hon 20 000 kr. När förhållandet var slut fortsatte de att vara vänner och hade regelbunden telefonkontakt. Jag återkommer till henne senare.

Det är typiskt för Thomas, han träffar kvinnor som behöver hjälp i någon form. Han hjälper dom med pengar, bostad eller jobb. Ofta blir han utnyttjad, han är för snäll och det märker den här sortens kvinnor.

*

Efter att den svenska kvinnan hade brutit förlovningen var Thomas deprimerad. Han var då fyrtioett år och åter ungkarl. Under en resa till Tallinn träffade han en ny kvinna, det var Ksenia Kotsneva, en trettioårig frånskild kvinna från Estland. Hon var estnisk medborgare men med rötter ifrån Ryssland. Hon hade varit gift två gånger och hade en son från ett av äktenskapen. Hon var bosatt i Tallinn och verkar ha försörjt sig på att prostituera sig i Stockholm och i Helsingfors. Ksenia såg bra ut och det verkade ha sagt "klick" från början, i alla fall för Thomas. Hans mamma berättade att han var glad när han första gången tog hem henne och presenterade henne. Mariannes första intryck av henne var att hon var blyg och fåordig, - men den attityden skulle snart förändras.

*

Ksenia hade ingen lycklig barndom, hennes föräldrar missbrukade och skilde sig slutligen. Modern var då alkoholist och fadern gifte om sig med en yngre kvinna och bildade en ny familj. Ksenia hade också en syster som hette Valentina, hon var tio år yngre. Ksenia blev som en mor för Valentina och i viss mån även för den alkoholiserade modern. Det verkar som Ksenia inte har någon utbildning men hon har arbetat som prostituerad så det är så hon försörjt sig. Valentina verkar ha någon form av utbildning som manikyrist, men även hon prostituerade sig i Helsingfors.

Thomas kom överens med Ksenia om att han skulle betala ett underhåll så hon slapp "jobba" på gatan. Det som är lite märkligt i sammanhanget är att de från början hade ett "öppet" förhållande där båda kunde träffa och även ha sex med andra. Under tiden de var tillsammans träffade Thomas den thailändska kvinnan A Seanla Lad och Kseina hade en älskare som hette Ruslan Sitov. Ksenia ville inte flytta från Tallinn, för att hennes son gick i skolan där. Thomas var så involverad i företaget att han ansåg att han inte kunde vara borta från Fagersta någon längre tid. Men han reste regelbundet och besökte henne i Tallinn och hon kom ofta till Fagersta på besök. Hon menade att om hon skulle bo i Fagersta skulle hon inte bo i skogen där Thomas hus ligger, utan hon ville bo inne i Fagersta centrum. Bekanta till Thomas fick intrycket att han verkligen älskade sin nya flickvän.

När Thomas började umgås med Ksenia kom han också i kontakt med hennes bekanta som hon hade nära relationer med. En tid bodde hon i samma lägenhet som systern Valentina och hennes man Arkadi samt sonen Nikita. När Thomas kom in i bilden köpte han en ny och större lägenhet åt henne. Arkadi och Valentina bodde kvar i den gamla lägenheten och Ksenia flyttade in i den nya större lägenheten.

Arkadi Mkrtchyan var född 1978 i Armenien. Vid 18 års ålder reste han till Estland. Han har inget estiskt medborgarskap utan är papperslös. Han påstod att förutom grundskola hade han två års utbildning i en militär yrkesskola. Han hade också gått i en idrottsskola ett år. Armenier har dåligt ryckte i öststaterna, så Arkadi brukade säga att han var rysk medborgare. Anledningen att han emigrerade till Estland är oklart. Vid den tiden, när muren fallit, var baltstaterna i det närmaste laglösa länder innan den nya staten hade hunnit utbilda poliser och tulltjänstemän. Det kan vara den laglösheten som lockade honom. Vad man vet är när han kom till Estland greps han för bilstöld och fick tre års fängelse. Får man tre års fängelse i Estland sitter man också inlåst i tre år. Då han kom ut flyttade han in hos en kvinna som var femton år äldre än honom. Hon hette Zinaida Chernukhina och hon var född 1963. Jag återkommer till henne senare.

Arkadi verkar ha försörjt sig på diverse skumma affärer, typ försäkringsbedrägerier och annan olaglig verksamhet. I början drev han någon form av verksamhet tillsammans med Ziniaida, men det slutade med att hans kompanjon lurade honom och Ziniaida förlorade sin lägenhet som hon intecknat. År 2007 träffar han Valentina och han flyttar in hos henne, men han har fortfarande kontakt med Ziniaida. Han gifte sig sedan med Valentina. Anledningen var antagligen att han skulle kunna bli estnisk medborgare.

Ksenias närmaste bekantskapskrets vid den tiden hon träffade Thomas bestod alltså av Valentina, Arkadi, Ziniaida och sonen Nikita. Det dom hade gemensamt var att ingen av dom arbetade och ingen hade pengar.

Arkadi hade således nära kontakt med tre kvinnor varav två bevisligen arbetat som prostituerade. Det är möjligt att Zinaida också var det. Man kan anta att han egentligen var hallick och de tre kvinnorna ingick i hans "stall". Det var i alla fall den bild estniska polisen hade av honom.

Den första tiden gick allt bra, Thomas reste regelbundet till Tallinn och Ksenia besökte honom regelbundet. Ofta var Valentina också med. Och efter en tid ordnade Thomas arbete åt henne som traktorförare i hans företag. När hon arbetade i Fagersta bodde hon hos Thomas och hon fick också låna en bil av honom.

Den 4 november 2005 gifte sig Thomas med Ksenia i Tallinn. Det var ett stort bröllop med champagne och limousiner. Kseina var tydligen mycket glad medan Thomas var något mer reserverad. Ksenias far var med på bröllopet där han höll ett tal och prisade svärsonen. De ingick ett äktenskapsförord där Thomas ägde allt utom huset i Brandbo som hon kom att äga hälften av. Ingen av dom hade skriftliga testamenten. År 2006 födde hon sonen som döptes till Daniel. Thomas mor berättar att han var väldigt lycklig då barnet föddes. Han och hans mor flög till Tallinn för att närvara då barnet föddes. Under graviditeten hade läkarna upptäckt en vad de trodde var en tumör som inte kunde åtgärdas förrän efter förlossningen. Tillsammans beslöt dom att behålla barnet. Sedan visade det sig att tumören var ofarlig.

Thomas älskade det nyfödda barnet som skulle ärva det imperium hann höll på att bygga. Nu blev frågan om var Ksenia och Daniel skulle bo mer aktuell. Thomas ville naturligtvis träffa sin son så mycket som möjligt, men Ksenia ville bo kvar i Estland tills hennes andra son Nikita avslutat skolan.

7 Resa till Tallinn

När jag intervjuade Marianne första gången var en av mina frågor, "hur träffade Thomas Ksenia?" Marianne berättade då att Thomas hade gjort en resa till Estland, och då han kom tillbaka berättade han mycket utförligt om vad som hänt. Normalt berättade han inte så mycket om sina resor, så hon förstod att han blivit förälskad i Ksenia. Här är hennes berättelse som jag minns den.

*

Våren 2005 tog en relation som Thomas haft med en kvinna från Fagersta under två års tid slut. Han var då 41 år gammal och han tog separationen hårt. Kvinnan som han hade haft relationen med hade haft problem i sin tidigare relation och bland annat blivit misshandlad av sin man. Thomas blev deprimerad och arbetade hårt en tid för att komma över sorgen och saknaden. När det gått några veckor med hårt arbete beslöt han att ta några dagars semester. Han förankrade det hos sina föräldrar och tog bilen och började köra mot Stockholm.

Han kände sig fri när han körde bil, han drog på radion och sjöng med när Elvis sjöng King Creole. Han funderade på om han skulle övernatta i sin lägenhet som han hade, men beslöt att åka med färjan till Estland redan samma kväll. Men han skulle bara åka till lägenheten och se till att allt var i sin ordning, det var nästan en månad sedan han var där. När han kom till lägenheten var klockan bara ett och färjan skulle gå först halv sex på kvällen. Han kastade en del reklam som kommit fast han satt upp en lapp med texten "Ingen reklam tack". Det fanns ingen mat hemma utan han gick till en hamburgerbar som låg i närheten och åt. När han kom tillbaka till lägenheten gick han in på datorn och bokade ett rum på hotell Tallink som låg på gångavstånd från färjan i Tallinn. Han hade varit där tidigare och han visste att det också var ett spahotell.

Klockan hade nu hunnit bli tre så han parkerade bilen i garaget som tillhörde lägenheten och gick till tunnelbanan och åkte till Ropsten. Han hade bara en ryggsäck och en bag som bagage så han gick från tunnelbanan till Estonialinjens terminal. Det var fortfarande flera timmar till avgång, och vädret var vackert, så han låste in bagaget i en förvaringsbox och gick en promenad i området. Hamnar och flygplatser var något som fascinerade honom, de var på något vis porten ut till världen. Det låg fler färjor inne, dels sådana som gick till Helsingfors och andra som gick till Mariehamn. Egentligen var de mer flytande lyxhotell än båtar och han hade alltid undrat över att det fanns kundunderlag för den livliga trafiken. Ofta när färjorna till Finland ersattes med nya större och lyxigare båtar såldes den gamla färjan till Estland Line. Den mest kända färjan på Tallinn linjen, den olycksdrabbade Estonia, hade tidigare hetat Viking Sally och trafikerat Finland. Men för hans del var det bara bra att färjan han skulle åka med var en äldre finlandsbåt. Den var inte så opersonlig som de nya färjorna.

En timme före avgång fick passagerarna gå ombord, Thomas konstaterade att det tydligen inte var så många passagerare och det var han glad för. Hytten var en dubbelhytt med utsikt mot havet, det hade han fått betala extra för. När han duschat och bytt om gick han en runda på båten och han stod på akterdäck när färjan lade ut. Det var en vacker sommarkväll, nästan vindstilla och han satt på akterdäck och tog en öl samtidigt som Lidingö gled förbi.

8 Tallinn

Senare på kvällen åt han middag i a' la carte matsalen, han hade tur som fick ett fönsterbord. Han satt länge och åt en biff och tog några glas rödvin till, till efterrätt tog han glass. Att resa ensam var något han hade behov av att göra ibland, att få rå sig själv och slippa ta hänsyn till andra som han var tvungen till på jobbet. Innan han gick och lade sig handlade han lite i tax-fri butiken och gick en sväng och tittade på underhållningen i nattklubben som bestod av en sydamerikansk dansgrupp. Men han var trött och gick och lade sig relativt tidigt. Han sov skönt den natten och vaknade när båten angjorde Tallinn. Thomas var kvar i hytten och väntade tills kön vid landgången hade försvunnit, sedan gick han i land. Det var nu svalare i luften, men himlen var molnfri så det skulle säkert bli ytterligare en varm dag. Han började gå den korta sträckan till hotellet.

När ha checkade in på hotellet passade han på att ta en karta över staden och sevärdheter som han skulle besöka. Hotellrummet var trivsamt men opersonligt som alla hotellrum. Han beslöt att börja med att besöka gamla stan som låg i närheten och var omgivet av murar. När han packat upp det lilla bagaget han hade tog han kartan och ryggsäcken och begav sig ut på staden, han kände sig som en riktig turist. Den gamla staden gjorde verkligen skäl för sitt namn.

Husen såg ut att vara byggda under medeltiden, det enda som visade att det var andra tider var det enorma utbudet av restauranger, caféer och affärer som tillkommit efter murens fall. När han gått runt några timmar, tittat på utsikter över staden och besökt några affärer och en kyrka, beslöt han sig för att äta en sen lunch. Han hittade en servering med bord på trottoaren och utsikt över ett litet torg. Han satt ensam vid bordet men han märkte att alla andra var par eller hela familjer med barn. Plötsligt kände han sig ensam, det var första gången under resan som han fick den känslan. Under två års tid hade han alltid haft sällskap av flickvännen under sådana här resor, men nu skulle han åter vara ensam och han kände en våg av saknad. Maten han åt var någon form av köttpaj som var tämligen smaklös, men priset fullt i klass med övriga Europa så han beslöt att i fortsättningen skulle han undvika turistfällor.

När han kom tillbaka till hotellet var han trött så han vilade sig i den bekväma sängen. Samtidigt som han sappade på TV,n men utan att hitta något som intresserade honom. Hotellet han bodde på var mest känt som ett spa-hotell så han beslöt att gå och bada. På spaavdelningen var det full aktivitet, flera bastur och vattenfall med en kanal med strömmande vatten. Även en vågmaskin fick barnen att jubla när den startade varje halvtimme. Det fanns också bubbelbad med varmt vatten, Thomas köpte en öl och lade sig i ett sådant bad. Det var skönt, han kände att spänningarna släppte. Efter badet åt han en varm smörgås på hotellets servering. Hela dagen hade varit varm och solig så Thomas beslöt att om det var likadant väder nästa dag skulle han gå till ett havsbad och få lite sol och salta bad. Av kartan framgick det att det fanns ett havsbad ungefär fyra kilometer i västlig riktning från hotellet. Tillbaka på hotellrummet slötittade han på TV och ringde några samtal till bekanta i Sverige. Det hade varit en givande dag, men han var trött och somnade genast då han lagt sig.

Efter en natts god sömn gick han till matsalen vid niotiden och åt en frukost som var väl tilltagen. Han pratade med kvinnan i receptionen om hur badet, som han hittat på kartan, var och hon sade att hon själv brukade bada där. Det fanns också matserveringar i anslutning till badet. Han hämtade badbyxor, badhandduk och en bok och lät receptionen ringa efter taxi. Han uppskattade att det var ungefär en halvmils avstånd till stranden. Han försökte memorera vägen så att han skulle kunna gå tillbaka. Stranden var en positiv överraskning, det var en sandstrand som var ungefär två kilometer lång och hade inbjudande vit sand. Längs stranden gick en strandpromenad och ovanför den låg det några restauranter. Det var inte utan att det förde tankarna till sol och bad i varmare länder som Spanien. Än så länge hade det inte kommit så många människor, han fick intrycket att det mest var lokalbefolkningen som utnyttjade stranden. Han gick ut på stranden och bredde ut badhandduken och började smörja in sig med sololja. Bruset från havet var sövande, så han lade sig på ryggen med kläderna som kudde och slumrade till några minuter. Han vaknade till med ett ryck för han hörde röster alldeles i närheten. När han tittade upp hade en påfallande vacker kvinna i trettioårsåldern slagit sig ner ungefär 7 - 8 meter från honom.

9 När Thomas möter Ksenia.

Hon var solbränd med blekt ursprungligen mörkt hår. Den vita baddräkten framhävde hennes solbränna och Thomas tyckte att det var en av de vackraste kvinnor han sett. I sitt sällskap hade hon en yngling i tonåren som antagligen var hennes son. Han sprang genast ner till vattnet för att bada när de brett ut filten. Kvinnan tände en cigarrett och vände sig så hon satt vänd mot solen och Thomas. När hon såg att Thomas tittade på henne log hon och nickade, Thomas log och nickade tillbaka. Thomas lade sig och försökte koncentrera sig på boken, men det var svårt. När hon rökt färdigt grävde hon ner fimpen i sanden, tog flaskan med sololja och kom fram till Thomas. "Förlåt att jag stör" sade hon på engelska, "men skulle du kunna smörja min rygg med sololja". Thomas var inte svår att övertala. När han smort in hennes rygg frågade hon om han ville att hon skulle smörja in hans. Det ville han givetvis, och så var isen bruten. Det visade sig att hon pratade bra engelska, och det är inte helt vanligt i Estland. Egentligen var hon från Ryssland men nu var hon estnisk medborgare. Hon behärskade ryska, estniska och engelska, samt några ord på finska och svenska. Hon nämnde i förbigående att hon arbetat en tid i

Stockholm och Helsingfors. Då han frågade vad hon arbetat med svarade hon undvikande att det varierade. Thomas själv berättade om sina företag som han var ägare till, om att han hade hus i Fagersta och lägenhet i Stockholm. Han passade också på att tala om att han inte var gift. När dom badat i det allt för kalla vattnet frågade Thomas om hon och hennes son ville följa med och äta lunch i någon av serveringarna som låg vid strandpromenaden, givetvis skulle han betala. Hon antog erbjudandet och gick och hämtade sin son som börjat spela fotboll med några andra jämngamla ung-domar. Det visade sig vara bra att ha henne med, hon pratade och beställde maten och resultatet blev goda omeletter med "havets läckerheter". Hade han som tu-rist beställt hade säkert maten inte blivit lika god. So-nen, som hette Nikita, åt snabbt maten och lämnade dem för att fortsätta spela fotboll. Dom blev sittande och drack kaffe pratade om allt mellan himmel och jord. Det framkom att Ksenia hade varit gift två gånger men nu var hon frånskild. Efter maten badade de en gång till sedan sade Ksenia att hon måste åka hem. Hon delade lägenhet med sin syster och hennes man, och hon och systern hade tid i tvättstugan på kvällen. De kom överens om att hon skulle komma till hans ho-tell nästföljande morgon. Då skulle hon visa honom staden och den stora marknaden som Tallinn är känt för.

Thomas gick de fyra kilometrarna till hotellet, han ville ha lite motion och samtidigt se mer av staden. Medan han gick funderade han på mötet med Ksenia. En tanke som slog honom var att det faktiskt inte var han som "raggat" upp henne,- utan tvärs om. En ensam man som såg skandinavisk ut låg på en handduk med hotellets namn på och hade sina saker i en plastpåse som det stod Estonia Linjen på. Man behövde inte vara något snille för att räkna ut att han var turist. Att hon sedan lade sig nära kunde vara medvetet för att få kontakt. Om det var så kunde man antaga att hon var prostituerad, han ville inte tro det men det var ganska uppenbart. Han hade tidigare under ett års tid haft en relation med en thailändsk kvinna som arbetade som prostituerad i Stockholm, så han hade inga moraliska problem med att hon kunde vara det.

När han kom till hotellet var han trött och lade sig på sängen och ringde hem. Han nämnde inget om att han träffat en ny kvinna. Den kvällen åt han av hotellets buffé', efter att ha varit på spaavdelningen någon timme. Det hade varit en händelserik dag så han somnade tidigt. När han vaknade på morgonen var den första tanken; skulle Ksenia komma? De hade avtalat att hon skulle komma vid tiotiden, så han åt frukosten innan han satte sig nere i lobbyn och väntade. Klockan hann bli kvart över tio innan hon kom och Thomas hade nästan tappat tron på att hon skulle komma. Men hon kom, vacker som en prinsessa i hans ögon. Hon verkade också glad över att se honom. Dom började promenera mot marknadsplatsen och hon stack sin arm under hans. Det slog Thomas att det var länge sedan han hade gått med en vacker kvinnas arm under sin.

Det var ganska långt att gå men Ksenia tog på sig rollen som guide och pekade ut sevärdheter för honom så det var bara trevligt att promenera. När de äntligen kom fram till marknadsplatsen blev han förvånad över hur stort området var. Ksenia sade att det var den största marknaden i Europa och, - det verkade troligt. Han var däremot inte imponerad av varorna som fanns där. Det fanns i och för sig allting från radioapparater från femtiotalet till kläder som såg ut att vara lika gamla. Ksenia verkade däremot uppskatta marknaden. Hon provade kläder, speglade sig och skrattade och Thomas var glad att hon uppskattade marknaden. Hon ville köpa en klänning som hon provat och innan besöket på marknaden var klart hade Thomas köpt en klänning och flera blusar till henne. Själv hade han köpt en skjorta som han var säker på att han aldrig skulle bära. Men han köpte den för att göra Ksenia glad.

Efter några timmar på marknaden tog dom taxi till en restaurang i gamla stan som Ksenia kände till. Det var tydligt att Ksenia kände ägaren för de behandlades som VIP och fick det bästa bordet. Det var något som slagit Thomas, Ksenia verkade känna många människor. När de var på marknaden hade hon känt många av försäljarna men även kunder som cirkulerade. Hon hade också varnat honom för ficktjuvar. Han lät Ksenia beställa maten och de delade på en flaska vin. Thomas var mycket måttlig med sprit och han kunde inte minnas när han sist hade druckit vin mitt på dagen. Men maten och vinet var mycket bra och Thomas misstänkte att det var för att ägaren kände Ksenia som

gjort att de fick det bästa. Givetvis var det Thomas
som betalade och priset var betydligt högre än han
hade förväntat sig men han ville inte verka snål så han
lade på en rejäl dricks. Efter maten gick dom en runda
i gamla stan. Ksenia tyckte om att guida och Thomas
tyckte det var intressant att höra henne berätta om sta-
den. Ksenia var förvånansvärt kunnig om stadens
historia. Hon berättade senare att hon arbetat med att
guida turister just i gamla stan. Under vandringen be-
sökte dom en kyrka samt gick en bit på den ringmur
som omger gamla stan. Från ringmuren hade de en
strålande utsikt över staden och Ksenia pekade ut
olika byggnader.

På förmiddagen hade det varit strålande sol men det
började komma moln och det såg ut att bli regn. När
regnet kom räddade de sig in i ett café´ som såg ut
som dom gjorde i Sverige för tjugo år sedan. Det var
hemtrevligt att sitta och dricka kaffe medan regnet
smattrade mot fönstret. Ksenia berättade om sin upp-
växt, med föräldrar som söp och slutligen skilde sig.
Hon berättade att hon blivit som en mamma för sin tio
år yngre syster Valentina och att hon också fått ta
hand om sin alkoholiserade mor. Thomas förstod att
hon levt ett helt annat liv än han och kände en stor
sympati. Han grep hennes hand, och sade att han ville
hjälpa henne och hon log tacksamt. Utanför sken solen
igen och fick de regnvåta gatorna att glänsa.

Det verkade som om Ksenia inte ville att han skulle
komma hem till hennes bostad och Thomas miss-
tänkte att hon skämdes för att visa hur trångt det var i

lägenheten, det bodde fyra personer i en tvårummare. Han frågade henne därför om hon ville följa med till hotellet och testa spabadet. Det gjorde hon gärna så de tog taxi dit och badade i spaet, han beställde massage till henne och hon njöt i fulla drag. Efter att de badat på spa-avdelningen och ätit middag följde Ksenia med honom upp på rummet och de älskade för första gången.

10 Thomas och Ksenia blir ett par

Senare på kvällen sade Ksenia att hon måste gå hem. Sonen Nikita visste inte var hon var och hon skulle se till att han fick något att äta. För Thomas del var det sista natten på hotellet och han ville att hon skulle stanna. Thomas sade att han ville träffa henne igen och bjöd henne att komma till Sverige redan nästa helg. De skulle kunna bo i hans lägenhet några dagar. Ksenia sade att hon önskade inget högre med att hon inte hade råd, men om han kunde betala resan skulle hon komma. Det var inget problem sade Thomas, han skulle givetvis betala resan och om hon hade ont om pengar nu skulle hon kunna få pengarna redan nu.

Färjan gick på kvällen påföljande dag. Thomas fick checka ut från rummet redan klockan tolv och lämnade bagaget på hotellet. Sedan åkte han till gamla stan och träffade Ksenia, denna gång ville hon att han skulle komma hem till hennes lägenhet, något som gladde honom. Det visade sig vara en trång gammal sliten lägenhet som låg i ett tämligen nedgånget område. Han förstod varför hon först inte ville att han skulle komma hem till henne. När dom kom dit var ingen annan hemma men sedan kom hennes syster Valentina med sin man Arkadi. Valentina var bara i tjugoårsåldern och lika vacker som sin syster, Arkadi däremot tyckte

Thomas illa om från första början. För det första ver-
kade han vara dubbelt så gammal som Valentina. För
det andra såg han kriminell ut och kunde inte eng-
elska. Ksenia hade berättat att han var papperslös och
egentligen kom från Armenien. Personer som kommer
därifrån har lägre status än "vanliga" ryssar. Thomas
kunde omöjligt förstå vad Valentina kunde finna hos
Arkadi,- men det var inte hans problem.

Ksenia ville följa med honom till färjan när dom ätit
lunch som hon lagat. De tog taxi till hotellet där han
hade sitt bagage och sedan gick de den korta sträckan
till färjan. Hon berättade att de delade lägenhet för att
hennes syster inte hade någonstans att bo. Thomas
sade att hon skulle titta efter en större lägenhet som
låg mer centralt, han skulle eventuellt kunna hjälpa
henne ekonomiskt. Hon kramade hanns arm när hon
sade det. Thomas var kär, han propsade på att få köpa
hennes biljett för resan till Stockholm för att vara säker
på att hon skulle komma. Han var nu ganska säker på
att hon och hennes syster arbetat som prostituerade
och att Arkadi var hallick. Men han hade överseende
med det för om de två blev ett par spelade det förflutna
ingen roll. De stod länge och pratade innan han gick
ombord. När han var ombord såg han att hon fortfa-
rande stod kvar och de vinkade till varandra. Under
återresan satt Thomas och funderade på vad som
hänt. Han förstod att Kseina hade ett förflutet som han
hade svårt att föreställa sig. Men han var nyförälskad
och underskattade de problem som kunde uppstå på
grund av deras skilda bakgrunder.

Det skulle var intressant att veta vad Kseina tänkte på när färjan lämnade hamnen, hade hon redan börjat smida planer för framtiden?

11 Bröllopet

Thomas och Ksenia blev ett par och de träffades regelbundet, han reste till Tallinn och hon reste till Stockholm och Fagersta. Redan ett halvår efter det att de träffats bestämde de sig för att gifta sig. Den drivande i det beslutet var säkert Ksenia. Bröllopet skulle ske i Tallinn och Ksenia och Valentina arrangerade det och Thomas betalade. Datum för bröllopet sattes till fjärde november 2005.

Med det upplägget blev det naturligtvis ett riktigt sagobröllop. Thomas mor Marianne och tre bekantar från Fagersta var med som gäster och från Ksenias sida var det mellan 50 - 100 gäster. Svenskarna flög från Stockholm till Tallinn och fick skjuts från flygplatsen till det hotell där bröllopsfesten skulle gå av stapeln. Alla deltagarna var uppklädda; en del kvinnor hade lång klänning och männen hade kostymer. Ksenia hade hyrt en lång vit klänning med rosor på. Hon var mycket vacker och tog mycket plats. Marianne berättar att hon såg Thomas för första gången i ny stilig kostym, normalt var han aldrig klädd i kostym. I vanliga fall var han alltid klädd i jeans eller overall. Han var en direktör som deltog i verksamheten.

På bröllopsdagen var det tyvärr tråkigt väder med snöslask. Dom närmast anhöriga åkte med limousin till rådhuset i Tallinn där vigseln förrättades. Det fanns en sed där att de anhöriga skall lägga en blomma framför bruden före vigseln. Den som genomförde vigseln var en kaplan och allt avhandlades på estniska. En släkting till Ksenia som arbetat i Sverige och kunde svenska, översatte en del av vad kaplanen sade. Det var en lång ceremoni, betydligt längre än vad som är vanligt i Sverige.

Efter vigseln åkte brudparet och de närmast anhöriga runt i Tallinn med limousinen och besökte olika sevärdheter. Det fanns champagne i bilen och rundturen varade i nästan fyra timmar. Avslutningsvis blev dom skjutsade till hotellet där de klädde upp sig för kvällens fest. Marianne följde bara med på rundturen någon timme, sedan blev hon skjutsad till hotellet så hon kunde byta om för kvällens tillställning.

Det var fyra långbord dukade och Marianne fick intrycket att det var många "höjdare" närvarande. Efter maten fick brudparet presenter och flera höll tal. Marianne förstod inte så mycket för talen hölls på estniska eller ryska. Men hon fick delar av talet som Ksenias far höll översatt. Han sade att "nu hade Ksenia fått tag på en bra karl och han hoppades att hon i framtiden inte skulle göra några dumheter, utan att de skulle vara gifta länge". Det var en intressant formulering av en fader, att säga så till sin dotter på bröllopsdagen. Hade han dåliga erfarenheter av hennes uppförande vid de två tidigare äktenskap? Eller anade han att det låg något annat än kärlek bakom giftmålet?

Efter talen och presenterna började dansen. Marianne dansade med brudens far som brukligt är, sedan gick hon till sitt hotellrum. Det hade varit en ansträngande dag. När jag pratade med henne om bröllopet sade hon att hon kände sig "utanför", antagligen berodde det på språksvårigheter. Hon sade också att Thomas verkade "dämpad" medan Ksenia var sprudlande glad.

Festen fortsatte till fram på morgonen med dans och olika lekar. Thomas fick till exempel ett tygstycke och tråd och han skulle visa att han kunde sy. Ksenia fick ett äpple som hon skulle skala så det blev ett skal, om dom lyckades förtäljer inte historien. Det var tydligen god tillgång på sprit. En bekant till Thomas som hade arbetat i hans företag, och var med på festen, berättade att han hade endast svaga minnen av festen för han var så full. Det berättade han i vittnesmålet han lämnade i samband med mordrättegången.

Man kan tycka att det var lite överdrivet med ett så stort bröllop när det är tredje gången man gifter sig. Jag minns att Birgitte Bardot, som gifte sig många gånger, riskerade att få ärr i ansiktet av alla risgryn, enligt franska tidningar. Thomas hade haft flera längre relationer med olika kvinnor, varav en hade varat i två år utan att han gifte sig. Nu gifte han sig efter fem månader. Man kan undra varför Ksenia var så pådrivande. Att det endast var kärlek som drev henne verkar lite konstigt med tanke på att hon bara några månader tidigare medverkat till ett inbrott i sin blivande mans bostad.

12 Äktenskapet

De närmaste åren fungerade allt bra. Bekanta och an-
höriga hade inte hört dem gräla och Thomas berömde
sin fru för att hon lagade bra mat och städade då hon
var på besök. På ett sätt verkade det som om han var
nöjd med att de bodde åtskilda. Till en bekant hade
han sagt "att det är kanske lika bra att hon bor där för
jag arbetar hela tiden."

Ekonomiskt hade Ksenia antagligen aldrig haft det så
bra. Överföringar som gjorts till henne visar: juni 2008
18 500 kr, juli 2008 27 000 kr, augusti 2008 26 500 kr,
september 2008 21 000 kr, oktober 2008 40 000 kr,
november 2008 24 000 kr, december 2008 28 500 kr,
januari 2009 27 000 kr, februari 2009 31 000 kr, mars
2009 29 500 kr och april 2009 25 000 kr. Hon fick
också större utgifter som TV och diskmaskin som beta-
lades av Thomas. Det fanns även ett gemensamt
konto där Thomas satte in pengar och hon kunde ta ut
pengar vid behov. Man skulle kunna tro att hon kunde
vara nöjd med situationen. Hon hade fått en ny finare
lägenhet och utan att jobba fick hon pengar så hon
kunde leva ett bekymmersfritt liv. Hon kunde till och
med resa till varmare länder. Men hon var ändå del-
aktig i ett inbrott hos Thomas 2005, antingen var hon
otroligt girig - eller så var hon styrd av någon annan.

Det är troligt att pengarna också gick till hennes son och mor, som hon tydligen hyrde rum åt. Även Valentina fick pengar av Thomas i form av lön när hon arbetade i företaget. Hon var inte omtyckt av sina arbetskamrater, för hon arbetade när Thomas var där men då han var borta satt hon mest och rökte. När den övriga personalen klagade på henne - tog Thomas alltid hennes parti.

Efterhand blev det så att Thomas försörjde hela den estniska klanen och det var naturligtvis inget som han var nöjd med. Ksenia pratade hela tiden om att hon skulle flytta till Fagersta, men det blev aldrig av. Hon hade varit gift två gånger tidigare och det skulle vara intressant att veta hur de äktenskapen slutade. Hade hon över huvud taget planer på att flytta till Sverige? Skaffade hon barnet för att kunna utöva utpressning mot Thomas? Det är frågor som vi aldrig får svar på men med facit i hand kan det mycket väl vara så.

År 2005 hade Thomas inbrott i sitt hus, tjuvarna vände upp och ner på hela huset och lyckades hitta pengar som Thomas gömt undan. Även pass och en del andra saker försvann. Det konstiga var att dörren inte var uppbruten utan nyckeln som Thomas gömt utanför huset hade använts. Ksenia visste var nyckeln var, i efterhand kan man konstatera att redan då var hon inblandad i ett försök att stjäla pengar från Thomas. Troligen var det Arkadi eller någon annan hallick i hennes bekantskapskrets som utförde inbrottet. Inbrottet förblev ouppklarat. I efterhand kan man tycka att Thomas borde bli misstänksam om hur lojal hans fästmö var.

Efter hand började Ksenia få dyrare vanor, hon började resa på semester till varmare lände med sin son. För att hon inte skulle vara så bunden av Daniel utan kunna gå ut och festa, började hon ta med en barnflicka som naturligtvis Thomas också fick betala.

Det ständiga tjatet om mer pengar kombinerat med att Ksenia inte flyttade till Fagersta, började slita på förhållandet. Thomas hade sagt till någon bekant att "snart skiter jag i alltihop". När Valentina reste till Sverige i sällskap med Thomas delade dom hytt på färjan och när hon arbetade i Fagersta bodde hon i Thomas hus. Hon har också senare berättat att dom badat bastu tillsammans. Man kan anta att både Ksenia och Valentinas man Arkadi kände en viss svartsjuka då dom fick reda på det.

Thomas relation till Arkadi var dålig från första början. Dels kunde dom inte kommunicera, Arkadi kunde bara ryska och estniska, samtidigt som Thomas ansåg att han var en parasit som levde på andra och inte ens hade arbete. Thomas hade kallat honom "en ryggsäck" när han pratade med en bekant. Det finns skäl att misstänka att också Arkadi tyckte illa om Thomas. Visserligen försökte systrarna medla för att deras relation skulle bli bättre, - men utan framgång.

Förut hade Arkadi varit den dominerande alfahannen i gruppen av kvinnor. Men nu var det Thomas som kunde styra och ställa, själv hade han inget att komma med och hans fru bodde också i Thomas hus långa perioder. Han har senare sagt att "han hatade

Thomas", och det skulle vara en av anledningarna till att han mördade honom.

13 Graviditeten

Valentina blev gravid 2008 och hon sade att det var Arkadi som var fadern. Hon berättade det för honom och senare för Ksenia och Thomas. Arkadi påstår att han var glad och förväntansfull inför födseln. Ksenia ansåg att hon själv fick avgöra om hon ville ha barnet, hon skulle stödja henne oavsett vad hon beslutade. Thomas reagerade negativt. Han ansåg att Arkadi var för gammal för henne och saknade möjligheter att försörja henne och barnet och tyckte att hon skulle göra abort. Efter många diskussioner, där Arkadi inte var inblandad, kom hon fram till att hon skulle göra abort. Den 28 feb. körde Thomas henne till en klinik i Tallinn och aborten utfördes, han betalade också läkarkostnaderna. Till Arkadi sade hon att hon fått blödningar och var tvingad att uppsöka sjukhuset. Om det verkligen var Arkadi som var far till barnet vet bara Valentina.

Allt efter som tiden går blir situationen allt mer spänd, Thomas har sagt till vänner att han skall ge Ksenia ett ultimatum, om hon inte flyttar till Fagersta kommer han att skiljas. Det är inget som esterna erkänner vid senare förhör. Men det är naturligt, alla vill rädda sitt eget skinn.

Julen 2008/9 kommer hela den estniska klanen och gästar Thomas i Fagersta. Det är Ksenia, Daniel, Arkadi, Valentina och Nikita, Arkadi hade betalat sin biljett Thomas betalade de andras biljetter. Alla bodde i Thomas hus. Arkadi uppträdde korrekt och Valentina försökte medla mellan dom, dock utan att lyckas. Marianne var där några gånger under julhelgen men hon upplevde stämningen som tryckt. Valentina kände det som om Arkadi var svartsjuk på henne och att Thomas uppträdde som om båda kvinnorna tillhörde honom. Marianne hade gjort en stek som hon bjöd Thomas och alla gästerna på under julhelgen. Hon har i efterhand sagt," om jag vetat vad som skulle hända hade jag förgiftat steken".

Under besöket var Arkadi och Valentina ute och gick i området där Thomas bodde. Grannarna kände inte igen dom. Så när de var på en åker i närheten, som tillhörde en granne, sade han att dom skulle lämna hans mark, annars skulle han ringa polisen. Marianne har i efterhand sagt att hon trodde att dom rekade för att hitta en bra flyktväg. De hade redan då beslutat att mörda Thomas. Hennes antagande verkar rimligt, husen som tillhör Thomas och Marianne ligger vid en återvändsgata så det är omöjligt att lämna området om det kommer en bil från Fagersta som blockerar vägen.

Man skall ha i minnet att Ksenia, som varit gift två gånger och arbetat som prostituerad, hade stor erfarenhet av att manipulera män. Thomas hade inte varit gift eller haft något varaktigt förhållande så hon hade inte svårt att styra honom. Det är inte troligt att giftmålet är Thomas ide'. Någon som var med på bröllopet sade att Ksenia var sprudlande glad -medan Thomas var mer dämpad. Det skulle man kunna tolka som att

Thomas egentligen inte ville gifta sig. Han var också förutseende och skrev äktenskapsförord så att hans fru endast skulle få 50 % av huset vid skilsmässa. Redan då kan han ha misstänkt att äktenskapet inte skulle vara "tills döden skiljer dem åt". Det tragiska i hela historien är att om han inte skrivit äktenskapsförordet hade han kanske fortfarande varit vid liv. Om Ksenia kunnat få hälften av Thomas tillgångar vid en "vanlig" skilsmässa kanske hon nöjt sig med att skiljas och fått sin andel och sluppit risken att dömas för mord.

Det har sagts att det var ett "modernt äktenskap där båda parterna kunde ha relationer, även sexuella, vid sidan av äktenskapet." Det är en konstig situation, om man gifter sig beror det på att man älskar sin partner och inte vill ha någon annan relation. Då kan man tycka att sådana överenskommelser är onödiga. Det är oklart om vilken av dem som ville ha den "friheten", kanske båda två. Men jag tror personligen inte att man stärker banden i ett äktenskap med sådana överenskommelser. Man får känslan av att Thomas gifte sig bara för han ville ha en son som kunde ärva koncernen som han skapat. Ksenias motiv var att hon ville bli försörjd utan att jobba, och hon ville leva i lyx. Pengar var viktigt för henne, annars hade hon inte arbetat som prostituerad.

Med facit i hand kan man nog säga att chansen till ett lyckligt äktenskap med dom förutsättningarna var liten. Att det skulle gå så långt som till mord var det naturligtvis ingen som kunde förutse. En annan faktor som försvårade deras äktenskap var naturligtvis att de hade så olika bakgrunder. Han kom från ett välordnat hem med strävsamma föräldrar, hon kom från ett hem med fattigdom, missbruk och skilda föräldrar.

14 Planering

Det är naturligtvis omöjligt att i efterhand säga vilken som tog initiativ till att mörda Thomas. Den som hade mest att vinna på det var naturligtvis Ksenia. Genom det frikostiga underhåll som Thomas betalat ut i början av deras relation hade hon kunnat leva som en "fin" dam- hon var inte längre en prostituerad. Hennes nyfunnena rikedom hade också spillt över till de andra i den grupperingen hon levde i. Hennes mor och sonen, och i viss mån hennes syster och klanledaren Arkadi som bodde i en lägenhet som Thomas skaffat. Alla var beroende av Thomas pengar. Hon hade också skaffat sig dyra vanor. Resor till Spanien med Daniel och en barnflicka, och dyra märkeskläder, allt kostar pengar. När penningströmmen från Sverige minskade skulle hela hennes nya underbara värld falla samman. Hon skulle vara en simpel hora igen.

Men den som antagligen hatade Thomas mest var Arkadi. Man brukar säga att man inte biter den hand som föder en. Men för hans del var det ett misslyckande att vara beroende av Thomas. Hans ställning i gruppen var också hotad. Han hade inget att tillföra den. Det var också han som hade "våldskapitalet" att utföra mordet. Man kan nog slå fast att det var kombinationen Ksenia/ Arkadi som gemensamt planerade och utförde mordet.

Arkadi har utmålats som en småkriminell försäkrings-
bedragare, men jag tror att han var mer kriminellt be-
lastad än vad myndigheterna vet om. Han företog re-
sor med Zinaida till olika platser och hon var troligen
chaufför på dom resorna. Han ville ha henne med för
hon ställde inga frågor. Man kan undra vad det var för
resor som var så hemliga. Var det i själva verket så att
han var torped och hotade eller mördade människor?
Vi får aldrig reda på det, men vi vet att Ksenias älskare
Ruslan Sitov var rädd för honom. Valentinas uppfatt-
ning om Arkadi är att han är en omtänksam person,
och en ledartyp som är mycket målmedveten. I vanliga
fall är han lugn men när det gäller "är han kapabel att
ta över och lösa problem." Kanske menar hon med det
att han var kapabel att mörda.

När beslutet togs att mörda Thomas är lättare att spe-
kulera i. Vi vet att utbetalningarna som Thomas skick-
ade varje månad hade minskat, de första åren beta-
lade han c.a 30 000 kr/ mån sedan minskade han ut-
betalningarna till 15 - 20 000 kr/mån. Det tyder på att
han var trött på hennes oförmåga att hantera pengar.
Då Ksenia förstod att det skulle kunna bli en skils-
mässa på grund av hennes slöseri och ovilja att låta
Daniel växa upp i Fagersta. Enda möjligheten att be-
hålla sin höga "status" var att mörda Thomas och på
så sätt genom Daniel, få tillgång till hans förmögenhet.
Under rättegången har alla inblandade ester försäkrat
att Thomas inte hade någon tanke på att skiljas. Men
det är säkert bara lögn för att rädda sina egna skinn.
Thomas svenska vänner, och hans tidigare flickvän,

har hört honom göra uttalanden som tydde på det motsatta.

Under hösten 2008 tror jag att det ödestigna beslutet togs. Julhelgen 2008/9 kom hela den estiska klanen på besök till Fagersta. Arkadi var den enda som själv betalade resan. Man kan undra varför han var så intresserad av att träffa Thomas som han själv sagt att han hatade. När sen han och Valentina var ute och rekade i terrängen, får man intrycket att målet med Arkadis resa var att förbereda mordet. Redan då hade de beslutat att mordet skulle ske i Fagersta för att de inte skulle bli misstänkta. Det i sin tur gör att Valentinas påstående om att hon inget visste är lögn. I verkligheten var hon med om att planera mordet. Vid inbrottet år 2005 hade dom klarat sig, så det trodde att det skulle fungera nu också.

Det var mycket pengar som låg i potten. Firman var värderad till någon stans mellan 55 - 80 miljoner kr. Vid händelse av Thomas död var enda arvingen sonen Daniel. Halva huset som Thomas bodde i skulle tillfalla Ksenia. Men då Daniel var för ung för att driva företaget skulle Ksenia bli förmyndare och hon skulle få tillgång till hela företaget tills Daniels blev myndig.

Något som den estiska grupperingen tydligen inte kände till var att även om företagen går bra så är företagets värde bundet i utrustning, kontrakt och personal. En del av företagets värde var till exempel att Thomas kunde ordna nya kunder. Så det fanns inga miljoner på banken som dom kunde börja plocka ut så fort

Thomas var borta. Marianne berättar att när hon tog över ringde Ksenia hela tiden och tjatade om mer pengar.

15 Början till slutet

 I slutänden trodde antagligen Arkadi att han skulle kunna ta över och börja arbeta som VD för det företag de skulle ärva. Han visade intresse av hur arvet skulle fördelas, och han och Ksenia var i kontakt med en estnisk advokat direkt efter mordet. Att han skulle kunna driva företagen utan erfarenhet och utan att kunna svenska eller engelska, visar att hans självbild stämde dåligt med verkligheten. Men antagligen var det så att deras erfarenhet från inbrottet 2005 där dom klarade sig, var en anledning till att de ville utföra mordet i Fagersta. Dom ansåg helt enkelt att polisen i Sverige inte var kompetent att lösa brott. Samtidigt, om dom mot förmodan skulle åka fast, var straffet lägre och fängelserna bättre. Vad dom inte räknade med var att polisen naturligtvis lägger mer krut på en mordutredning än ett vanligt inbrott.

Valentina har berättat att sista gången Ksenia och hon träffade Thomas, det bör ha varit i februari 2009, hade han kört dom i bil. Han verkade irriterad, körde fort och sade om inte Ksenia flyttade till Sverige skulle dom leva åtskilda. Något som hon tolkade som att han tänkte skiljas. Men det verkade som om Ksenia inte tog honom på allvar. En anledning till det kan naturligtvis vara att hon redan hade beslutat att mörda Thomas.

Att Kesenia hade ett förhållande med den tjugoårige Ruslan Sitov visste inte Thomas om. Men Ksenia hade fått höra att Thomas fortfarande träffade glädjeflickor och hon hade också hittat ett foto av en thailändsk kvinna i hans hem.

En tid efter det att Arkadi kommit hem från resan till Fagersta, under julhelgen, började han förbereda nästa steg i sin plan. Han köpte tre mobiltelefoner med betalkort som han lämnade till Valentina och Ksenia, den tredje behöll han själv. Dom fick stränga order att inte använda dom förrän han sade till. Han behövde också ett skjutvapen. Med det kontaktnätet han hade var det säkert inte svårt att hitta en pistol eller revolver som var till salu, eller som han kunde låna.

*

I efterhand förstår man att mordet var välplanerat. Man kan säga att det fanns tre alternativ för vad som skulle hända.

A: Genom att mordet utfördes i Fagersta och alla ester var i Estland (Arkadi hade fejkat ett alibi) skulle dom klara sig helt, och genom att vara förmyndare åt Daniel, ta över hela verksamheten och förmögenheten. När Daniel väl blev myndig skulle förmögenheten redan vara spridd inom Ksenias och Arkadis släkt.

B: Något gick snett och Arkadi blev gripen. Han hade då diktat en historia att det var ett dråp som berodde på att det var Thomas fel, att Valentina gjort abort. Han skulle påstå att kvinnorna inte visste något, och dom skulle neka till all kännedom om hans planer. Han skulle då bara få 2 - 3 år för dråp i ett bekvämt svenskt fängelse, och Ksenia skull kunna kvittera ut vinsten. Han skulle bli rikt belönad då han kom ut. Tanken att han skulle få det till dråp, när det var lätt att bevisa att han planerat "dråpet" flera månader, var naivt.

C: Det fanns också en reservplan, som kanske var något som de inblandade improviserade i efterhand. Att alla blev inblandade, och fick varierande fängelsestraff. Då skulle en kusin till Ksenia, som hette Roman, ta hand om Daniel och vara förmyndare åt honom. På så sätt skulle Thomas förmögenhet stanna inom släkten. Det är estniska statens domstolar som utser förmyndare, när något barn förlorar båda sina föräldrar, och det måste varit svårt att få reda på vem dom skulle utse. Kanske en välplanerad muta kunde påverka det beslutet. Men alternativ C var en nödlösning.

Då det gäller planeringen av mordet är det säkert Arkadi som sköter det. Planen var genomtänkt men det var en del saker som han inte kände till om hur man kan spåra mobiltelefoner, det var det som slutligen blev hans fall. Nu för tiden är det många brott som klaras upp genom att spåra mobiltelefoner. Med facit i handen kan man konstatera att det var nära att planen skulle fungera fullt ut. Det beror mycket på polisen, men i det här fallet har både svenska och estniska polisen gjort ett mycket bra jobb. Jag har en bekant som arbetat på Hall som fångvaktare och han sade vid något tillfälle "att det inte är den kriminella eliten som sitter på livstid" -och det är säkert sant.

16 Resa till Fagersta

Den historia som de inblandade i mordet kom med, och som de kommit överens om, var att Arkadi bara skulle stjäla pengar som påstods finnas hos Thomas. Det skulle vara pengar som Thomas lagt undan genom att ta betalt för en viss mängd olja och sedan levererat mindre. Att Thomas skulle syssla med den typen av bedrägeri är inte möjligt, för alla som köper olja har ett eget räkneverk så kunden kan kontrollera hur mycket olja dom får. Men Arkadi dömer andra efter sig själv. Kvinnorna skulle bara veta att han skulle stjäla pengar men i verkligheten skulle han hämnas på Thomas för aborten, han behövde hjälp av dem för att kunna ha ett alibi att han varit i Estland då mordet begicks. Han behövde också deras hjälp att hitta till Fagersta.

I mitten av april 2009 kontaktade han Zinaida och frågade om hon ville följa med på en resa till Fagersta för "att hämta pengar". De hade gjort liknande resor tidigare och litade på varandra. Hon visste att om resan fungerade skulle hon få en del av de pengar han påstod att han skulle hämta. Han instruerade henne att endast ta med sin sons mobiltelefon och hon fick ett nytt kort till den. De försökte hyra en svensk bil men det fungerade inte av någon anledning så han fick i stället hyra en blå Nissa Micra av en privatperson i Estland. Samman dag som de fick bilen, köpte han biljetter till färjan. Han använde då ett falskt pass för att inte avslöja att han rest med färjan. Arkadi hade sagt till Zinaida att hon skulle ha en keps på sig för att det skulle vara svårare att känna igen henne. Han lämnade också sin vanliga mobiltelefon hemma och instruerade Valentina och Ksenia att dom endast fick ringa till honom med telefonerna han givit dem och de skulle ringa till hans nya telefonnummer. Men de skulle också ringa till hans vanliga telefon med sina vanliga telefoner för att ge honom ett alibi. Han hämtade också vapnet som han hade hemma, Lindade in det i trasor och lade det under reservhjulet på bilen.

På kvällen den 26 april körde dom på färjan som gick till Sverige. De delade hytt och Arkadi höll sig inne i hytten hela resan för att inte stöta på någon han kände. Zinaida var däremot ute och gick några svängar på båten medan Arkadi såg en film på sin dator. Planen var att använda en GPS som han lånat av Ksenia, som hon i sin tur fått av Thomas, för att hitta till Fagersta. Thomas hade alltså köpt den GPS som mördaren skulle använda för att hitta hem till honom. Man skall tänka på att Arkadi varken kunde svenska eller engelska. När dom körde av färjan i Värtahamnen var det så mycket trafik att Arkadi fick köra. GPS,en fungerade men av någon anledning körde han genast vilse. Efter att virrat runt en stund stannade de slutligen vid en bensinmack som låg i Täby och där köpte de en karta. Men när han inte kunde läsa kartan lämnade han tillbaka den och ringde till Ksenia för att hon skulle förklara hur han skulle köra för att komma till Fagersta.

Man kan säga att resan till Fagersta hade något av "Jönssonligan" över sig.

När dom äntlige nådde Fagersta hade klockan hunnit bli 14:30. De stannade vid rastplats nära en sjö och Arkadi bytte kläder till en träningsoverall samtidigt som han tog fram en ryggsäck som han lade vapnet i. Zinaida hade under tiden stått och rökt och tittat på sjön utan att se vapnet.

Hon körde sedan honom till Thomas hus i Brandbo. För att komma till huset går det en smal återvändsgata till en halvö där det ligger c.a 30 villor. Alla känner varandra så man förstår att Arkadi inte ville ha en främmande bil med estniskt registrerings nummer stående utanför Thomas hus. Zinaida fick sedan åka därifrån och Arkadi skulle ringa henne när hon skulle komma och hämta honom. Men bara någon timme efter det att hon lämnat Arkadi åkte hon tillbaka och stannade bilen på samma plats som hon lämnat honom på. Hon sade vid förhör att det berodde på nyfikenhet och att hon saknade cigarretter. Det är märkligt, förväntade hon sig att Arkadi skulle komma ut från Thomas hus med dom saknade cigarretterna? När Zinaida satt i bilen kom en granne körande förbi, hon tyckte sig se att det var en person i bilen som försökte gömma sig. Det är en märklig reaktion av Zinaida, varför var det så viktigt att gömma sig, hon påstår att hon var helt omedveten om att Arkadi gjorde något kriminellt? Grannen som körde bilen uppgav att det var en blå Nissan Micro. Den verkliga anledningen till att hon kom tillbaka var antagligen att Zinaida visste att Arkadi skulle mörda Thomas och att det skulle bli en snabb flykt. Hon hade inte fattat att Thomas skulle komma senare på kvällen.

17 Mordet

Arkadi gick in i huset med nyckeln. Han hade fått uppgift av Kseina att den förvarades utanför huset. När han kom in i huset hade han handskar på sig utom då han ringde. Han började söka genom de utrymmen som Kseina påstod att det fanns pengar undanstoppade. Men han hittade inga, under de sex timmar han var i huset ringde han inte mindre än fem gånger till Ksenia för att fråga om olika saker. Han ringde också till Zinaida för att säga att det skulle bli förseningar, till henne hade han sagt att det skulle ta c.a 2 tim.

Slutligen satte han sig vid ett fönster på nedre botten där han hade utsikt mot Mariannes hus. Kseina, som haft kontakt med Thomas, berättade att han efter jobbet skulle äta kvällsmat med sin mor. Han såg honom komma till Marianne och nu satt han och väntade på att han skull äta färdigt och åka till sitt hus.

Man undrar vilka tankar Arkadi hade då han satt och väntade på att mörda Thomas. För bara fyra månader sedan hade han varit gäst hos Thomas, bott i hans hus och utnyttjat hans gästfrihet. Kanske tänkte han på en bekymmersfri tillvaro där han skulle sitta vid någon strand i ett varmare land med en paraplydrink i handen och alla ekonomiska problem skulle vara borta. Eller tänkte han på att han skulle hämnas för den förnedring som det innebar att "tappa ansiktet" inför kvinnorna.

Han hade ju ett rykte att "kunna ta över och lösa problem". Vi får aldrig reda på det, men en sak är säker; de sex timmarna i Thomas bostad var säkert de längsta i hans liv.

Thomas hade sagt till Marianne att han måste åka till Krylbo och arbeta med bark som skulle till förbränning. Han kom därför senare till Marianne för att äta kvällsmat. Hon uppskattar att det var vid tjugo tiden han kom. När han ätit klart sade han "hej då morsan". Han fick säga det två gånger för han trodde inte att hon hörde.

Klockan närmade sig tjugoett när han tog bilen och körde den korta sträckan till sitt hus. Arkadi som suttit och väntat på honom på nedre våningen sprang upp och gömde sig bakom en soffa på övre våningen som han planerat.

Thomas gick in genom ingången till grovköket, tog av sig de smutsiga arbetskläderna och endast iförd underkläder gick han in i köket och tog en öl och började gå uppför trappan till övre våningen, där han tänkte duscha.

Arkadi som låg bakom soffan på övervåningen påstår att han skrek "din djävul" och blundade och sköt mot Thomas som var på väg upp för trappan. Det där att han skrek något när han sköt är säkert lögn för att styrka att det var dråp. Men skottet som avlossades på bara några meters avstånd träffade Thomas i huvudet - men bara så han blev skadad. Han ramlade i trappan och tappade ölen, men lyckades resa sig och hitta dörren ut. När han kom ut började han springa mot sin mors hus som låg ungefär 150 meter bort. Arkadi trodde att han missat helt och sprang efter Thomas med pistolen redo att skjuta igen. Arkadi sade i förhör senare att Thomas "sprang som en gammal man". Efter ungefär etthundratjugo meter är Arkadi några meter bakom Thomas, som springer för sitt liv. Arkadi avlossar ett skott till som träffar Thomas i bakhuvudet och är dödande. Arkadi kontrollerar inte om Thomas är död utan vänder direkt och springer tillbaka till Thomas hus, hämtar sin ryggsäck och Thomas bilnycklar, tar hans bil och kör mot parkeringen vid sjön där han och Zinaida varit.

18 Återresan

När Arkadi kommer fram till rastplatsen, strax söder
om Västanfors, tar han fram pistolen och lossar på ma-
gasinet, han ser då att vid det sista skottet har patro-
nen fastnat så hylsan var kvar i vapnet. Han kastar
både magasin och pistol i sjön och ringer till Zinaida.
Hon frågar då hur han tagit sig till rastplatsen. Han
svarar inte på det utan ryter att hon skall komma. När
hon kommer kliver han in i baksätet på hennes bil. Han
verkar stressad och som svar på hennes fråga, vad
som hänt, svarar han "jag har skjutit en man" sedan
lägger han till "och våldtagit en kvinna". Sedan skrattar
han för att få det till att det vara ett skämt.

De börjar köra mot Stockholm och Arkadi byter kläder i
baksätet på bilen. Men än en gång körde dom vilse
och fick fråga om vägen, man kan konstatera att duon
som framförde bilen inte var några experter på att
hitta. Nära Västerås var det en polisavspärrning och
Arkadi, som trodde att Thomas överlevt, blev rädd att
han skulle bli gripen, men inget hände. När dom fort-
satte mot Stockholm stannade dom för en kisspaus
och Arkadi kastade kläderna han haft vid mordet. Re-
san fortsätter sedan till Stockholm och dom söker efter
hotell att övernatta på. De hittar inget och Zinaida sitter
kvar i bilen och försöker sova. Arkadi ringer Valentina

ett par gånger under natten men mins inte vad de ta-
lade om. Tidigt på morgonen åker dom till Värtan och
Zinaida köper biljetter till återresan med färjan. Hon
använder då Arkadis falska pass. Att hon köper biljet-
ter åt Arkadi med falskt pass anser jag vara något som
gjorde henne delaktig i mordet. De var i Värtan hela
dagen i väntan på att båten skulle avgå. För att förd-
riva tiden promenerar de i området.

Under hemresan händer inget särskilt, Arkadi var i hyt-
ten hela tiden och Zinaida går omkring på färjan och
träffade en bekant. Då de kommer fram till Tallinn bad
Arkadi att Zinaida skulle återlämna bilen och de skildes
där.

Många uppgifter om resan som Arkadi och Zinaida
gjort stämmer inte med varandra när man läser do-
men. Arkadi försöker hela tiden få det till att ingen av
kvinnorna kände till att han skulle mörda Thomas, och
att han gjorde det. Men i själva verket är jag övertygad
om att alla tre kvinnorna var införstådda med resans
mål.

*

Miku Laitila bor i en villa i Brandbo. Kvällen den 27
april var han ute och cyklade med sin hund i riktning
mot riksvägen. Klockan var mellan 21 och 22 så det
rådde skymningsljus. När han passerade Mariannes,

hus och var på väg mot avfarten till Thomas hus, hörde han ett kvidande ljud som hos en människa som är under stark press, panik eller nöd. Eller från en människa som försöker få fram ljud men inte kan. Därefter hörs en smäll. Miku tror först att det är från ett fyrverkeri men ljudet är starkare än så. Han hör att det är svagare än från en älgstudsare så han gissar på ett lättare vapen som pistol. Ljudet kom från ett område bakom en träddunge som finns vid sida om vägen.

Strax efter skottet hör han dörren till Thomas hus slå igen och efter ytterligare en stund slår bildörren i Thomas bil igen. Sedan startar bilen med en rivstart och kör snabbt förbi Miku mot riksvägen. Han uppfattar att det är en kombibil med bokstaven H i registreringsnumret. När Miku närmar sig Mariannes hus ser han en kropp ligga på gräsmattan och han ropar men får inget svar. Han hämtar då en annan granne och i sällskap med honom går dom fram till kroppen och grannen konstaterar att han inte är vid liv. Kroppen ligger på magen med armarna bakåt längs kroppen. Han och grannen ringer polisen som är på plats efter c.a 20 minuter.

*

Poliserna Oskar Robertsson och Martina Saghamre hade en trafikkontroll vid Statoils bensinstation i Västanfors när dom fick larmet att åka till Brandbo. Dom fick först felaktig information så dom körde åt fel håll och fick vända och åka tillbaka. Vid infarten till Brandbo hinner dom upp två ambulanser och anlände till Mariannes hus samtidigt som dom. En person var på plats och visade dom var Thomas låg, Martina vände på honom och konstaterade att han var död. Oskar spärrade av området och Martina började förhöra vittnet Miku. Efter ungefär 20 minuter kommer hundföraren och söker genom Thomas hus. Han har fått instruktioner att noggrant dokumentera hur han rör sig i huset för att underlätta för den tekniska undersökningen som skall göras. Ytterligare en patrull med bland annat polisbefäl anlände en timme senare. Det var då stor aktivitet av poliser i området. Den tekniska undersökningen påbörjades redan nästa morgon.

*

När Thomas hade gått satte sig Marianne och såg på TV, efter en stund ringde det på dörren. Marianne ville först inte öppna, men insåg sedan att det var poliser och öppnade. Dom berättade att det låg en död man utanför. Hennes första tanke var att ringa till Thomas men så såg hon att hans bil var borta och tänkte att han kanske kört på någon. Men poliserna sade att hon inte skulle ringa. Det var då hon började förstå att det var Thomas som var död. Det var naturligtvis svårt för henne att förstå att han var borta. Bara någon timme tidigare hade de suttit och pratat om alldagliga saker och om att Thomas skulle upp tidigt och åka och titta på någon maskin i sällskap med Göran Benn. Nu skulle hon aldrig mer träffa honom. Poliserna hjälpte henne att kontakta sin syster som sedan var ett stöd för henne.

19 Utredning påbörjas.

Mordet väckte stor uppmärksamhet i media redan från första början. Lokalt var Thomas en kändis och att han var rik var inget som minskade intresset för fallet. Brottsutredningen som påbörjades direkt på morgonen efter mordet var förutsättningslös. Den tekniska undersökningen av brottsplatsen och Thomas hus påbörjas den 28/4 på morgonen. Undersökningen leddes av kriminalteknikern Eva Kjellström. Hon kunde konstatera att inget tydde på att någon ringt på och någon form av handgemäng uppstått. Men att någon gått omkring och dragit ut lådor, men att sökandet inte var särskilt grundligt. Även garderober blev genomsökta. Skoavtrycken var flera på övervåningen än i undervåningen. Men den tekniska undersökningen gav inga ledtrådar då det gällde fingeravtryck eller DNA spår. Och ingen utomstående kunde bindas till brottsplatsen.

Den första tiden stod utredningen stilla och polisen hittade inga direkt ledtrådar. De kunde inte hitta några i Thomas omgivning i Sverige, som kunde ha något motiv till mordet. Vid förhör med bekanta till Thomas fick dom antydningar att han eventuellt skulle skilja sig från sin fru Kseina som var bosatt i Estland. Marianne, Thomas mor, hade säkert sina misstankar för hon hade träffat hela den rysk/ estniska klanen och själv betalat ut stora summor till Kseina via företaget.

I samband med att Thomas skulle begravas kom Kseina och Valentina till Fagersta, de visste då inte att dom var misstänkta för inblandning i mordet. Det märkliga var att dom tydligen trodde att Thomas levde och hölls gömd av polisen. Anledningen var säkert att Arkadi i samband med skjutningen gripits av panik och sprungit tillbaka till Thomas hus utan att kontrollera om sista skottet varit dödande. Han trodde därför att Thomas inte var död. De trodde att anledningen till att polisen höll Thomas gömd, skulle vara för att han inte skulle utsättas för ett nytt attentat.

Polisen ville att Marianne, Ksenia och Valentina skulle åka till bårhuset i Västerås för att identifiera Thomas kropp. Marianne som redan börjat misstänka systrarna för delaktighet i mordet var rädd för att åka ensam med dom. Så hon fick en bekant att köra bilen till bårhuset. Väl framme sade läkaren som arbetade där att det var svårt att känna igen mordoffret och Marianne sade att hon hellre ville minnas honom som levande, hon gick alltså inte och tittade på sin son. Systrarna var arga på henne för det, men dom gick i alla fall och tittade på kroppen. Marianne berättar att då dom kom tillbaka var dom inte ledsna utan snarare lättade, en ovanlig reaktion av en sörjande änka.

I samband med begravningen sade Ksenia till begravningsentreprenören att hon skulle hämta Thomas rena jeans och t-shirt som han kunde ha på sig vid begravningen. Begravningsentreprenören avstyrde det med orden "i Sverige begraver vi inte människor iförda jeans och T-shirts".

20 Begravningen

Marianne var orolig att något skulle hända vid jordfäst-ningen. Hennes man Gunnar var också med på begravningen med en sjuksköterska från hemmet där han bodde. Hon kontaktade polisen och frågade om de inte kunde ha med beväpnade vakter som var civilklädda så att dom inte syntes. Polisen gick med på det och begravningen övervakades av civilklädda poliser. Det är inte utan att tankarna gick till filmen "Gudfadern" när Marianne berättade det. Men begravningen gick utan att något särskilt inträffade. Efter begravningen var det matservering och bland de sista som var kvar var Ksenia och hennes syster. De verkade lättade och glada och de drömde antagligen redan om vad de skulle göra med arvet.

I samband med begravningen bodde systrarna på hotell Best Western i Fagersta. De bodde i ett rökfritt rum men rökte ändå. Det resulterade i att de fick betala sanering av rummet vilket innebar att utöver hotellkostnaden fick de betala ytterligare 5000 kr, något som dödsboet fick betala.

Svenska polisen tog också kontakt med estniska poliser för att kontroller den estniska klanen och deras alibi under mordkvällen. De estniska poliserna började avlyssna deras telefoner. I första vändan hade alla alibi, de kunde täcka upp för varandra och telefonerna hade aldrig lämnat Estland. Alla var lika ovetande om vilka som kunde vara mördare. Kseina tog också kontakt med ett juridiskt ombud i Estland för att få reda på arvsreglering och få en boutredningsman tillsatt. Vid dom mötena var Valentina och Arkadi med, trots att Ksenia då visste att det var Arkadi som mördat Thomas. Efter som hela klanen levt på bidrag från Thomas blev deras ekonomiska situation pressad fram till dom blev arresterade. Kseina kontaktade flera gånger Marianne, som tagit över ledarskapet i firman, och ville ha pengar till underhåll. Arkadi och Valentina flyttade då också från sin lägenhet till Ksenias för att hyra ut den de bott i och på så sätt få in pengar. Dom tar också en inteckning, i Valentinas namn, på lägenheten för att få loss pengar. En mycket dålig affär för räntan på lånet är 19%. De räknar tydligen med att snart få in nya "friska" pengar.

Det stora genombrottet kom när polisens expert på att analysera telefoninformation kopplades in. Hon hette Teresa Maric och var gruppledare vid polisens rikskrim.

Förutsättningen var att två telefoner använts på platsen vid mordet. Dels hade mördaren en, och den som hämtade mördaren hade den andra. Metoden som användes var att "tömma närmaste mast". Det gick ut på att man hämtade all information, som lagrats under den aktuella tiden i den mast som låg närmast mordplatsen. I första hand tittade man på telefoner med betalkort, erfarenhetsmässigt viste man att det var sådana som brukade användas. Man hittade genast två telefoner som dels kommunicerats med varandra men en av dom hade också haft kontakt med två telefonnummer i Estland. Det gick till och med att följa mobilernas resa till färjan som gick till Estland. Och mottagartelefonernas läge i Tallinn kunde bestämmas. Resten var lätt att få fram vilka som var inblandade i mordet, och estniska polisen kopplades in.

Om Arkadi vetat vilka möjligheter polisen hade att spåra telefonerna hade han naturligtvis inte använt någon telefon vid mordet, det är troligt att det då aldrig hade blivit uppklarat.

Poliserna i Sverige och Estland förberedde ett gemensamt tillslag, kammaråklagare Marianne Nordström och Ulrika Lindsö gick genom materialet för att se om det fanns underlag för en häktning. Den 8 september tyckte dom att de var klara för att göra ett tillslag både i Estland och Sverige.

Polisen informerade Marianne om det planerade tillslaget, de sade att tre personer i Estland och en person i Stockholm skulle frihetsberövas och förhöras. Mariannes reaktion på det var att utropa "det är väl inte Ksenia?" Det var det. Arkadi, Valentina och Zinaida greps i Estland och Ksenia greps i Stockholm. Gripandena gick odramatiskt och de som greps i Estland förhördes av estländska polisen. Estniska polisen har antagligen andra förhörsmetoder än sina svenska kolleger.

Det var inget trivsamt samtal med kaffe och bullar när Arkadi förhördes. När han sedermera överfördes till Sverige klagade han på att han blivit förhörd tretton timmar i sträck i Estland. Men det gav resultat, han erkände att han dödat Thomas. Men han hade varit ensam om det, systrarna visste inget och inte ens Zinaida, som varit med på resan, visste något. Det var synd att inte estniska polisen förhörde Kseina, med deras förhörsmetoder skulle antagligen hon också ha erkänt. Men hon vidhöll under hela den kommande rättegången, att hon endast känt till att Arkadis resa var för att stjäla pengar.

Tre av de åtalade häktades således i Estland och Ksenia häktades i Stockholm. De som häktades i Tallinn blev förhörda där under någon månads tid, sedan blev dom överförda till svenska häkten. Genom EU finns ett utlämningsavtal mellan Estland och Sverige. Från början förvarades dom på olika häkten i Sverige, men när rättegången startade i Västerås, överfördes dom till det häktet. Många kriminella anser att häktningstiden är värre än att sitta och avtjäna straff på någon fångvårdsanstalt. I häktet är fångarna inlåsta 23 timmar om dygnet och får inte träffa några andra fångar, endast gå ensamma på en rastgård en timme om dagen. Ofta har dom under den tiden inte tillgång till radio, Tv eller tidningar. Häktningstiden varierar också beroende på hur länge rättegången pågår. Samtidigt svävar fången i ovisshet om hur långt straff de kommer att få.

För Ksenia och Valentina var säkert häktningstiden en traumatisk upplevelse. Arkadi som hade suttit tre år i Tallinn, där standarden säkert är lägre än i Sverige, hade antagligen lättare att anpassa sig. De som satt i häktet fick besöka duschrummet en och en så att fångarna inte skulle kunna prata med varandra och på så sätt påverka rättegången. När Valentina var och duschade skrev hon ett meddelande på en schampoflaska och ställde den så att vakterna inte skulle se den. Men den hittades av vaktpersonalen och de översatte texten till " berätta sanningen om telefonerna och stölden". Valentina har sagt att hon är helt ovetande om vad som skall ske, så man kan undra varför hon skickar ett sådant meddelande till sin syster. Var hon oskyldig behöver hon inte skicka några meddelanden alls.

21 Rättegången

Åklagare i målet: Marianne Nordström och Ulrika Lindsö.

Målsägande: Familjen Gröndal med målsägandebiträde: Per-Ingvar Ekblad och Rolf Hansson

Dödsboet efter Thomas: Magnus Ullman

Tilltalad: Arkadi Mkrtchyan Försvarare: Brage Åman

Ksenia Kotsneva- Gröndahl Försvarare: Maria Wilhelmsson

Valentina Kotsneva- Mkrtchyan Försvarare: Jari Smolander

Zinaida Chernukhina Försvarare Jacob Asp

Rättegången inleddes 2010 och domen kom 19/7 2010.

Intresset för rättegången som hölls i Västmanlands Tingsrätt var mycket stort och mediabevakningen var kompakt.

Arkadis försvar byggde på att barnet som Valentina tagit bort och som han var far till. Aborten var enligt honom Thomas fel, och han ansåg att abort är lika med mord. Anledningen till mordet skulle alltså vara hämnd. Att det tog så lång tid efter aborten tills han hämnades skulle bero på att Valentina först sade till honom att det var ett missfall. Sedan långt senare berättade hon sanningen för honom. Men hon kunde inte säga när hon informerat Arkadi om aborten. Han har redan för den estniska polisen erkänt att han dödat Thomas. Men det var svårt att få det till dråp med tanke på den noggranna planeringen med nya telefoner till de inblandade och biljetter köpta med falskt pass.

Det finns en annan aspekt på historien med Valentinas abort. Är det inte naturligt att en kvinna som blir gravid tar diskussionen med barnets fader om hon skall göra abort? I det här fallet kanske det är det hon gjorde. Hon har bott hos Thomas, badat bastu med honom och delat hytt med honom under färjeresor. Hon tar diskussionen med Thomas och sin syster, det kanske är Thomas som är fader till barnet. Men det får vi aldrig veta. Men om det är så att Arkadi misstänkte det, kan man tänka sig att det fanns ett motiv utöver det rent ekonomiska och det skulle vara svartsjuka. Det skulle också kunna vara en anledning till att Ksenia utlöser planen om att mörda Thomas, även hon kanske kände svartsjuka mot Thomas.

Att Arkadi genom hela rättegången benhårt vidhåller att han var ensam gärningsman ser jag som ganska naturligt. "Rädda vad som räddas kan," var antagligen den tanke som styr honom. Om han kunde få det till dråp skulle han vara ute om två år. Om kvinnorna i hans stall varit fria under den tiden skulle det bara vara att hämta belöningen när han muckar.

22 Rekonstruktion

Det ordnades en rekonstruktion på platsen d.v.s ; Thomas hus. Marianne som bor alldeles nära huset fick resa till sin syster under dagen och Arkadi flögs dit med helikopter. På den tiden hade fångvården inte brist på pengar. På filmen kan man se honom med en gul leksakspistol visa hur mordet gick till. Han agerar med stor inlevelse och han verkar trivas med att för första och förhoppningsvis sista gången få ha huvudrollen i en film. Resultatet av rekonstruktionen visade att hans beskrivning om vad som hänt inte överensstämde med vad den tekniska utredningen kommit fram till. En sak som talade mot den version han givit är att han haft fem telefonkontakter med Kesenia under de sex timmar han vistades i Thomas bostad. Om han sagt till systrarna att han bara skulle hämta pengar, varför var han då i huset så lång tid utan att finna några pengar? Att han så snabbt erkände att han dödat Thomas då han förhördes av esterna kan bero på att han genom att erkänna ett brott i Sverige skulle han också bli dömd där. Straffskalan i Estland är betydligt hårdare än i Sverige. Straffet för bilstöld i Estland är 3 - 10 år, det visste Arkadi om för han hade suttit tre år i fängelse för just bilstöld. Om han dömts för mord i Estland hade han säkert fått livstids fängelse, och livstid i fängelse där - är just livstid.

Ksenias försvar bygger på att hon inte hade en aning om att Thomas skulle mördas utan att Arkadis resa var för att stjäla pengar från honom. Med en sådan fru behöver man inga övriga fiender. Det har tidigare nämnts att Thomas skulle ha undanstoppade 20 - 50 tusen kronor, som skulle kommit via "svarta affärer". Dom pengarna skulle vara undanlagda för att köpa en bostad till Ksenias moder. Alltså, Thomas ställde upp för Ksenias alkoholiserade mor, och tacken skulle vara att Ksenia planerade att stjäla pengarna som hennes mor skulle få. Av dom pengarna skulle Arkadi bara ta en del så Thomas skulle inte märka något. Jag har tidigare nämnt att de "svarta affärerna" bara är fantasier och summan som dom skulle kunna stjäla skulle vara så liten att det inte ens skulle finansiera resan. Det gör att påståendet att han skulle stjäla pengar verkar helt orimligt, det fanns helt enkelt inga pengar att stjäla. Nej, allt talar för att hon hela tiden varit medveten om varför Arkadi reste till Fagersta. Jag tror att hon var den mest drivande personen i det här dramat, hon var den som hade mest att vinna på mordet.

Valentina påstod också att hon varit helt ovetande om det planerade mordet. Hon motsatte sig resan som hon tyckte var "idiotisk" men gjorde inget för att avstyra den. Jag tror att hon styrdes av både sin äldre syster "som varit som en mor" och Arkadi som hon påstås ha gift sig med för att han skulle kunna bli estnisk medborgare. Men samtidigt har även hon varit medveten om målet med Arkadis resa. Thomas har ordnat arbete och bostad i Fagersta när hon arbetade i hans företag. Han ordnade en bil hon kunde använda när hon var i Fagersta. Dom har rest till sammans, bott till sammans och varit arbetskamrater. Det är nästan så att Valentina umgåtts mer med honom än Ksenia. Man tycker att det borde blivit vänskapsband; eller mer än vänskapsband mellan dem, men det är tydligen inget som bekymrat Valentina. Tacksamhet är tydligen ingen egenskap som är utmärkande för systrarna Kotsneva.

Zinaida, även hon sa sig vara helt ovetande om Arkadis planer på att mörda Thomas. Hon är den i gruppen som har den lägsta statusen, och hon har egentligen inget att vinna på mordet. Arkadi hade flyttat in hos henne sedan han muckat från ett treårigt fängelsestraff. Han var då mycket yngre än hon. Genom dåliga affärer lyckades han göra så att hon förlorade lägenheten. Han hade lovat att ordna en ny lägenhet åt henne när han fick pengar. Det troliga är att hon var helt införstådd med vad som skulle ske, och Arkadi hade berättat att de skulle få så mycket pengar att han skulle kunna ordna en lägenhet åt henne. Det var på det villkoret hon ställde upp som chaufför. Hon berättade i förhöret att hon efter att ha lämnat av Arkadi vid Thomas hus återvänder "av ren nyfikenhet" samt för att hämta cigaretter. Vad var hon nyfiken på? Hade hon förväntat sig att Arkadi skulle komma ut med cigaretter? Det är också konstigt att hon inte reagerade på att det tog så lång tid, han hade sagt att det skulle ta c.a två timmar när hon lämnade honom. Men i stället tog det sex timmar. När hon frågade hur det gått svarade han att "jag har skjutit en man" och "jag har våldtagit en kvinna". Det sades, enligt hennes vittnesmål, som ett skämt. Man kan tycka att det i så fall var ett makabert skämt- men det var ju faktiskt delvis sant.

Att Arkadi tog med henne och inte t.e.x Valentina berodde antagligen på att han efter att ha rekat under jul insett att det måste vara någon som kunde lämna och hämta honom. Valentina kunde bli igenkänd i Fagersta och hon skulle utgöra en del av hans alibi. Bilen kunde inte stå i närheten av Thomas hus under sex timmar utan att grannarna skulle reagera. Särskilt som bilen var registrerad i Estland. Zinaida hade aldrig varit i Fagersta så det fanns ingen risk att hon skulle bli igenkänd. Jag anser att det är otroligt att hon inte kände till målet med resan, men i hennes fall var det svårare att bevisa hennes inblandning. Det och bristen på motiv gjorde att det måste varit svårare att döma henne än de övriga inblandade.

Om man tittar på hur mordet var planerat så inser man att om inte det varit för telefonerna skulle dom antagligen klarat sig. Visserligen fanns det indicier som pekar mot dom men det fanns inget bevis i form av vapen fingeravtryck eller dylikt. Visserligen fanns fingeravtryck av Arkadi och kvinnorna i gruppen. Men alla hade ju varit där under julhelgen så de hade inget bevisvärde. Man skall veta att för att fälla någon i en svensk domstol skall det vara "utom rimligt tvivel". Givetvis var det ofrånkomligt att den ryska klanen skulle bli misstänkt men därifrån är det långt till att fälla dom i en domstol.

När Arkadi erkände under förhören i Tallinn så var det först när dom kunde binda honom till brottet genom telefonerna som var beslagtagna. Som alla förhärdade brottslingar skulle han aldrig erkänna något om inte konkreta bevis redovisas.

23 Vittnen

Det var många vittnen kallade och vittnesmålen upptog en stor del av rättegången. Jag skall här redovisa de vittnesmål som påverkat domarna mest.

Kriminaltekniker Eva Kjellström gjorde den tekniska utredningen på brottsplatsen, då främst Thomas hus. De fann inga spår av att någon förövare brutit sig in utan förövaren måste haft tillgång till nyckel. Inget tydde heller på att det varit någon strid i samband med mordet. Genom att man lade ut en viss typ av plast kunde man se fotspår och fastslå hur förövaren rört sig i fastigheten. Gärningsmannen hade vistats största delen av tiden på övervåningen. Han har tittat i lådor och skåp men inte sökt seriöst för det var ingen oreda där han varit. Förövaren hade burit handskar så det var "handskavtryck" på många ställen men även fingeravtryck från Arkadi hittades, Men man skall då vara medveten om att Arkadi var där för fyra månader tidigare. Ett skåp som Ksenia trodde att pengarna var bakom har flyttats c.a en dm fram och tillbaka. Men inget tyder på att det funnits något där. Man kunde också se blodspår längst upp på trappan vilket visar att mördaren rusat upp för trappan efter mordet och då trampat i blodet nedanför trappan. Slutsatsen Eva drar är att mördaren suttit på en stol på nedre våningen där han hade bästa utsikten mot Mariannes hus. Han har sett när Thomas lämnat sin mor och kört den korta sträckan till sitt hus. Mördaren har då sprungit upp på övre våningen, lagt sig bakom en soffa och väntat till Thomas kom upp för trappan. Mördaren har då skjutit och kulan har snuddat tinningen på Thomas så han ramlade och tappade ölflaskan, som han hade i handen. Det kom blod på nedre delen av trappan och golvet i hallen. Men han kunde resa sig och springa till dörren och fortsatte ut i riktning mot sin mors hus. Mördaren sprang efter och hann upp Thomas nära Mariannes hus. Där sköt han ytterligare ett skott på ett avstånd mindre än 50 cm. Utan att kontrollera effekten av skottet vände han och sprang tillbaka, in i huset och upp för trappan. Där hämtade sin ryggsäck återvände till platsen där Thomas kläder låg och tog bilnyckeln och sprang ut och tog hans bil.

Man kan säga att det som kom fram vid den tekniska undersökningen styrkte mycket av Arkadis historia. Det som inte stämmer är hur han rört sig i huset, det kan bero på glömska eller att han försökte få det till att han verkligen sökte efter pengar och inte bara satt och väntade på Thomas. Av det som framkommit är det inget som pekar ut Arkadi som gärningsman även om det är indicier. En av anledningarna till att det skulle varit svårt att fälla Arkadi är att mordvapnet, en pistol, saknades. Arkadi påstod att han kastat den i sjön vid en rastplats, men polisen har inte hittat någon. Det kan

vara så att Arkadi lånat pistolen av någon annan krimi-
nell i Tallinn och sedan lämnat tillbaka den. En pistol
kostar säkert en hel del även i Estland så jag är inte
alls säker på att den kastats bort.

Det viktigaste vittnesmålet kommer från Theresa Maric
som arbetar vid rikskriminalpolisen och arbetar med att
analysera telefoninformation i samband med brottsut-
redningar. Tack vare henne blev det ett genombrott i
spaningarna och de skyldiga kunde gripas och lagfö-
ras.

Förfaringssättet som användes var att "tömma mas-
terna närmast Thomas hus på all information från den
aktuella tiden". Man hade kommit så långt i spaning-
arna att man kunde säga att det var två personer in-
blandade, följaktligen sökte man efter två telefonnum-
mer med betalkort och man hittade mycket riktigt de
numren, de hade också ringt till Tallinn. Genom att
kontakta estniska polisen gick det att spåra alla fyra te-
lefoner som använts i samband med mordet. Det gick
till och med att spåra telefonernas resa fram och till-
baka med färjan. Det var när Arkadi konfronterades
med den informationen som han erkände för den est-
niska polisen att han mördat Thomas.

Melis Tyyr är kriminalinspektör och arbetade vid stock-
holmspolisens spaningsrotel 2005. Han arbetade med
trafficking och prostitution och i samband med det tele-
fonavlyssnade de två misstänkta hallickar från Estland
som hette Anderj och Jevgenij. De hade i sin tur kon-
takt med en person som hette Eduard. De framkom att

de skulle göra ett inbrott i Fagersta trakten och Eduard skulle vara chaufför. På vägen från Fagersta ringde de till en bordellmamma som hette Milena som i sin tur var väninna till Ksenia. De meddelade Milena att de var klara och att det gått bra och det vidarebefordrade hon till Ksenia. När man hörde det vittnesmålet förstod man att det inte bara var de lagförda som varit inblandade. I Ksenias bekantskapskrets ingick tydligen bordellmammor och flera hallickar. Och antagligen har de också medverkat till mordet genom att ordna vapen och liknande insatser. De var tydligen inblandade i det första inbrottet hos Thomas.

Det visade också att Kesenia redan i början av sitt förhållande till Thomas var beredd att stjäla från honom, och då utan inblandning av Arkadi. Därför talar allt för att det är Ksenia som ligger bakom mordet.

Siim Merisaar är säkerhetschef på rederiet Tallink-Siljas färjan Baltic Queen som trafikerar sträckan Stockholm Tallinn. Han har på anmodan av polisen tagit fram loggningslistorna för låsen till hytterna samt material från övervakningskameror från de aktuella resorna. Då det gällde loggarna på dörrlåsen fanns det ingen indikering. Men då det gällde övervakningskamerorna kunde man se när Arkadi och Zinaida gick ombord och lämnade fartyget.

Ett annat vittne är A Saenla Iad, hon kommer ursprungligen från Thailand men är sedan länge bosatt i Stockholm och arbetat som prostituerad. Hon har för ungefär tio år sedan lärt känna Thomas och under ett år var dom ett par. När relationen upphörde var dom vänner under flera år. Thomas hade hjälpt henne med pengar vid några tillfällen, som max 20 000 kr. Under några år upphörde kontakten men i samband med att Thomas träffade Ksenia återupptog Thomas kontakten med henne. Först var det bara en vän relation men sedan hade dom även sexuellt umgänge. Under den tiden Thomas sällskapade med Ksenia träffade han Saenla ungefär en gång i månaden, och de hade telefonkontakt ett par gånger i veckan.

24 Saenia vittnar

Saenia berättade att Thomas redan 2008 pratat om att skiljas från Ksenia och att han ville ha delad vårdnad av Daniel, men Ksenia gick inte med på det. Saenla hade också hört Thomas gräla med Ksenia i telefonen. Så sent som två månader före sin död hade Ksenia vägrat dela vårdnaden av Daniel. Thomas hade under 2008 och 2009 varit olycklig för det ständiga bråket med Ksenia. Men Saenia ansågs vara partisk för att hon haft en relation med Thomas, så domstolen tog inte så mycket hänsyn till hennes vittnesmål.

En bekant till Thomas som också vittnade var Sune Villbrand som varit anställd i Thomas företag en lång tid och lärde känna Thomas redan då denne var barn. De talade inte mycket om privata saker men Thomas nämnde vid tre olika tillfällen att Ksenia och hennes familj kostade för mycket. I sambandet med inbrottet 2005 hade pengar, som Thomas förvarat i en blomkruka, blivit stulna. Efter den stölden hade Sune hjälpt Thomas att skruva upp ett skåp bredvid el centralen där han tänkte förvara pengar. Sune var säker på att Thomas inte höll på med några "svarta affärer", om så varit fallet hade han känt till det.

Per Person Är ett annat vittne som känt Thomas en lång tid. Han driver ett åkeri som ligger granne med Thomas företag. De kände varandra redan som barn och umgicks mycket via arbetet, de använde varandra som "bollplank" men gjorde inga affärer med varandra bara för att kunna behålla vänskapen. Hans omdöme om Thomas är att han är en ärlig men hård affärsman. Däremot var Thomas oerfaren då det gällde det motsatta könet. Han kände till Thomas kontakt med Thailändskan under tiden han var med Ksenia. Under mars månad 2009 sade Thomas att han skulle skiljas. Per hade då påpekat att han skulle tänka på sin son men Thomas hade då svarat "det skiter jag i". Men Per trodde inte på det. Per hade fått den uppfattningen att Thomas underhöll Ksenia ekonomiskt och han hade sagt i början på 2009 att "han skulle strypa flödet". Om han verkligen gjorde det vet inte Per. Att Thomas skulle ha någon form av "svarta affärer" trodde han inte på och kontot i Schweiz trodde han inte var någon form av skatteflykt. Per hade träffat Ksenia och Valentina flera gånger och han ansåg att den sistnämnda var betydligt mer social. Ksenia tyckte han var "djävligt grinig" mot Thomas. Arkadi hade han bara sett på avstånd men han visste att Thomas tyckte illa om honom.

Thomas hade också berättat om Valentinas abort och hur han kört henne till en klinik för att få det utfört. "Hon är värd någon bättre än Arkadi" sade han. Per hade sagt att du kanske är far till barnet, men då hade Thomas skrattat och sagt att så inte var fallet.

Pers sambo Maria Eriksson vittnade också. Hon arbetade i Pers företag och kände Thomas väl. Hon träffade Ksenia flera gånger och reagerade på att Ksenia inte vekade ha någon kärleksfull relation till Thomas. Han däremot verkade vara förtjust i sin fru. Per och Maria hade en dotter i samma ålder som Ksenias son Nikita, som var från ett tidigare äktenskap. Thomas ringde till Maria och berättade att han tappat kontrollen och tryckt upp Nikita mot väggen och nu ångrade han det. Han hade tydligen fått mycket kritik av Ksenia för det. Att han ringde Maria berodde på att han ville ha råd från henne som hade en jämngammal dotter.

Göran Benn är en annan bekant till Thomas som också vittnade under rättegången. När jag ringde och pratade med Göran fick jag ett positivt intryck av honom. Han var i sextioårsåldern då Thomas mördades. Han har i flera omgångar arbetat i Thomas företag. Bland annat kört tankbil. Han har höga tankar om Thomas som skicklig entreprenör. Han berättar att första tiden när Thomas arbetade med att serva tankbilar bodde han nästan i garaget som han arbetade i. Han träffade Ksenia några gånger och körde henne en gång till Arlanda när hon skulle resa hem. Han var med på rättegången och där såg han Arkadi. Han beskriver honom som att han såg normal ut, kanske 175 cm lång, och det var svårt att tänka sig honom som en kallblodig mördare. Göran arbetade i firman efter det att Thomas blev mördad och han var förvånad över konkursen, han tyckte att det kom som en blixt från klar himmel, utan förvarning. Hans erfarenhet av

Gröndahls företag var att de var välskötta och han tyckte det var tragiskt att det slutat som det gjort. Han berättade att den kvällen Thomas mördades hade han kontaktat honom för den påföljande morgonen skulle dom åka och titta på en maskin. Men klockan sex på-följande morgon ringde en granne till Thomas och be-rättade vad som hänt. Det är möjligt att Göran var den sista som pratade med Thomas.

Patrik Bergman var anställd av Thomas och han arbe-tade på sågverket i Skinnskatteberg. Han är fiskein-tresserad och har på Thomas begäran tagit med Ksenias anhöriga på fisketurer. Han var också bjuden till Thomas bröllop i Tallinn, en tillställning han inte minns så mycket av. Han bjöd också Thomas och Kse-nia på sitt eget bröllop 2008. Det han har särskilt minne av är att Ksenias klädsel under hans bröllop var sådan att folk pratade om det i efterhand. I övrigt tyckte Patrik att relationen mellan Thomas och hans fru var normala. Han hade aldrig hört Thomas beklaga sig över sitt äktenskap. Men han menar också att Tho-mas och han inte pratade mycket om privata saker. Men att han var en av tre som blev bjudna på Thomas bröllop tyder på att Thomas räknade honom som en nära vän.

Siv-Britt Figrell har egen rörelse där hon hyr ut sitt ar-bete till olika företag. Hon hade arbetat två dagar i veckan i Thomas företag, i huvudsak med bokföring. Hon hade träffat Ksenia en gång och uppfattade henne som fisförnäm och överlägsen. Hon hade inte hört några rykten om skilsmässa före Thomas död. Men han hade vid något tidigare tillfälle nämnt att han ville skaffa ett barn till.

25 Domen

Tingsrätten finner att Arkadi, Ksenia och Valentina tillsammans och i samförstånd planerat att ta livet av Thomas Gröndahl för att, genom Ksenias och Thomas son Daniel, få tillgång till arvet efter Thomas. Planeringen har skett under en lång tid men det har inte gått att fastställa när beslutet togs att mörda Thomas. Då det gäller Ksenia åtalas hon för medhjälp till mord, inte anstiftande till mord som har ett högre straffvärde. Det står helt klart att Ksenia och Valentina varit delaktiga i mordet, dels genom "telefonalibi" som Arkadi planerat dels genom att de försökt hjälpa honom att hyra en svenskregistrerad bil. Ksenia har också lånat ut en GPS som Arkadi dock inte kunde använda.

Själva mordet har Arkadi erkänt, men med reservationen att han ensam utförde det. Med tanke på alla förberedelser som han vidtagit kan det inte klassas som dråp.

Då det gäller Zinaida är det endast uppgifter från de inblandade som finns. Men det verkar osannolikt att Zinaida skulle ställa upp på en resa till Sverige, ett för henne främmande land, utan att veta syftet med resan. Att hon tidigare gjort liknande resor med Arkadi har vi bara deras ord på, men även om så är fallet, så spelar det ingen roll, hon kan närmast beskrivas som en kumpan som medverkat till mordet. Hade hon inte ställt upp hade kanske resan inte blivit av.

*

Följande domar avkunnas den 19/7 2010:

Arkadi döms till livstidsfängelse för mord, samt efter det utvisning från Sverige på livstid. Skadestånd till alla i familjen Gröndal på sammanlagt 170 993 kr utdömdes också.

Kesenia dömdes till 10 års fängelse och livstids utvisning från Sverige för medhjälp till mord. Skadeståndet som hon skall betala uppgår till 124 973 kr.

Valentina dömdes till 10 års fängelse och livstids utvisning från Sverige för medhjälp till mord. Skadestånd som hon skall betala är 125 933 kr.

Zinaida dömdes till ett års fängelse för skyddande av brottsling.

Samtliga domar överklagades till Hovrätten, men domarna fastställdes.

Några reflektioner: Domen mot Arkadi är den hårdaste man kan få i Sverige och med tanke på brottet är det motiverat, även utvisningen är motiverad,

Ksenias dom anser jag är felaktig, när jag gått genom hela materialet från domen slog det mig att utan henne hade det aldrig blivit något mord. Hon borde dömts för anstiftande till mord och fått livstid.

Valentina har ingen direkt vinst av mordet, men hon har hela tiden varit medveten om vad som skall ske så jag tycker att hennes dom är rättvis.

Zinaida har enligt mig fått en för lindrig dom. Hon har rest med mördaren från Tallinn till Sverige, väntat på honom i en flyktbil och slutligen kört honom tillbaka. Hon har också köpt biljetter med falskt pass, att hon skulle vara helt omedveten om vad som hänt är lögn. Lämpligt straff hade varit medhjälp till mord, som ger 10 år samt utvisning.

Domen är på 146 sidor och mycket väl genomarbetad, det bevisas också av att Hovrätten fastställde domen utan några ändringar. Men trots att det finns många vittnen och till och med ett erkännande så är det mycket som vi troligen aldrig får reda på. Vem var det egentligen som kom på idén att mörda Thomas, var det Arkadi eller Ksenia? Var är mordvapnet? Arkadi påstår att han kastat vapnet i sjön, då borde han kunna peka ut var han kastade det, och med den vetenskapen borde det inte vara något problem för polisen att hitta det. Vad skulle Arkadi vinna på att ljuga en sådan sak, han har gjort allt för att vara samarbetsvillig då det gäller andra frågor. Kan det vara så att han är rädd att om vapnet kommer fram kan det spåras till andra inblandade. Det är frågor som vi aldrig får svar på.

26 Tingsrättens motivering.

Utdrag från domen: Tingsrätten motivering till domarna.

Tingsrätten kan konstatera att Thomas Gröndahl skjutits till döds på tid och plats samt på det sätt åklagaren i tredje stycke av gärningsbeskrivningen påstått. Arkadis erkännande av att det var han som sköt Thomas Gröndahl vinner mycket starkt stöd av den i övrigt frambringade utredningen. Tingsrätten finner således utom varje tvekan styrkt att det är Arkadi som uppsåtligen dödat Thomas Gröndahl.

Åklagaren har under huvudförhandlingarna gjort gällande att det verkliga motivet för att döda Thomas Gröndahl varit att han avsett att upplösa äktenskapet med Ksenia genom äktenskapsskillnad eller att Thomas Gröndahl avsett att försämra Ksenias ekonomiska villkor inom äktenskapet. En omfattande bevisning, främst genom åklagaren och Ksenia, har förebringats om förhållandet mellan Thomas Gröndahl och Ksenia. Det står härigenom klart att Thomas Gröndahl och Ksenia träffades år 2005 i ett sammanhang då Ksenia var verksam som prostituerad i Stockholm och Thomas Gröndahl var hennes kund, att Thomas Gröndahl föreslog att Ksenia skulle sluta med prostitutionen och i stället bli hans flickvän, att Ksenia accepterade detta samt att man överenskom att Thomas Gröndahl skulle bekosta Ksenias uppehälle. (Marianne har lämnat en annorlunda skildring om hur Thomas och Ksenia träffades) Det har vidare från många håll- även Kseina har berättat detta- uppgivit att frågan om Kseinas bostadsort varit en källa till irritation och diskussion mellan makarna Kseina och Thomas Gröndahl. Kseinas uppgift- som hon visserligen lämnat först vid huvudförhandlingen- om att hon och Thomas Gröndahl överenskommit att hon skulle pröva att bo en längre period i Brandbo under sommaren 2009 vinner visst stöd av vad Göran Benn berättat om att Thomas Gröndahl en kort tid före sin död med honom diskuterat uppsättande av ett staket för att Ksenia skulle flytta till Brandbo. Att Ksenias och Thomas Gröndahls äktenskap måhända tillhörde det ovanliga slaget kan inte tillmätas någon större betydelse. Det har förts bevisning om att Ksenia , vid sidan av äktenskapet haft en älskare vid namn Ruslan Sitov, trots att Ksenia hävdat att förhållandet till denne inte haft sexuell karaktär förrän efter Thomas Gröndahls död, men å andra sidan har Ksenias uppgifter om att Thomas Gröndahl hela tiden fortsatt att under äktenskapet vända sig till prostituerade beriktigas delvis av A Saenla lads uppgifter, även om Thomas Gröndahls förhållande till A Saenla lads framstår som ett mellan dem båda delvis mer sedvanligt kärleksförhållande.

När det gäller förberedelse till den egentliga gärningen är det utrett att Arkadi anför skaffat ett vapen och att han även hyrt en bil för att ta sig till Fagersta. Han har också utdelat telefonapparater med särskilda SIM-kort till Ksenia och Valentina. Själv har Arkadi till Sverige medfört ett SIM-kort med numret 4013. Korten är anonyma kontantkort och har av nämnda personer brukats för intern kommunikation under Arkadis resa till Sverige.

Tingsrättens motivering till domarna mot Ksenia och Valentina är:

Ksenia Kotsneva och Valentina Kotsneva har gjort sig skyldiga till medhjälp till mord. För medhjälp till brott är föreskrivet samma påföljd för den som är gärningsman till brottet. För mord var, som ovan anförts, föreskrivet fängelse i tio år eller på livstid vid tiden för gärningen. Någon möjlighet att bestämma påföljden i den lägre delen av den numera gällande tidsbestämda straffskalan för mord annat än till fängelse tio år finns inte. Möjligheten att bestämma påföljden lindrigare finns dock enligt 23 kap. 5§ brottsbalken om någon förmåtts att medverka till brott genom tvång, svek eller missbruk av hans ungdom, oförstånd eller beroendeställning eller och om han medverkat allenast i mindre mån. Ksenia Kotsneva och Valentina Kotsnevas medverkan kan inte anses ha skett i mindre mån och är inte heller på annat sätt föranledd av sådana omständigheter som följer av nyssnämnda lagrum. Påföljden för dem båda bör bestämmas till fängelse tio år.

Motsvarande motivering av tingsrätten då det gäller Zinaida Chernukhina är följande:

Zinaida Chernukhina har befunnits övertygad om ansvar för skyddande av brottsling, grovt brott, Tingsrätten finner att straffvärdet av hennes gärning får anses vara fängelse ett år. Med hänsyn till att tingsrätten, enligt nedan, inte förordnar om Zinaida Chernukhinas utvisning, bör påföljden bestämmas i enlighet med vad som anses vara straffvärdet. Zinaida Chernukhina har vari frihetsberövad som anhållen eller häktad under en tid som närmar sig tio månader. Den som döms till fängelse ett år har i allmänhet att räkna med att friges villkorligt efter åtta månader. Zinaida Chernukhina har således redan varit frihetsberövad under sådan tid som det nu henne ådömda fängelsestraffet skulle verkställas. Detta är emellertid inte skäl att förordna att fängelsestraffet enligt 33 kap. 6§ första stycket brottsbalken skall förklaras vara till fullo verkställt utan hur det skall förordnas om verkställighet av påföljden eller villkorlig frigivning från den ankommer på kriminalvården att bestämma.

Här skulle boken kunna avslutas. Ett bestialiskt mord som mest liknar en avrättning har utförts av en grupp ryssar bosatta i Estland. Gruppen bestod av tre kvinnor som försörjt sig som prostituerade, med en ledare som troligen var hallick. Målet har varit att komma över mordoffrets ägodelar, förmögenhet, bostad och företag. Men genom skickligt polisarbete kunde förövarna gripas och lagföras och få sina straff.

Men tyvärr är inte historien slut med det. Förövarnas plan att ruinera familjen Gröndahl kommer att fortsätta.

27 Vad hände efter domen

Morgonen efter mordet åkte Marianne in till kontoret och informerade personalen om vad som hänt. Det tyder på en enorm styrka att en sörjande mor samtidigt tänker på företaget och de anställda. Hon informerar personalen om vad som hänt och de beslutar att arbeta vidare, för dom visste att Thomas skulle ha velat ha det så. Den enda som var helt insatt i företagens affärer var Marianne så det verkade naturligt att hon skulle leda företagen som VD tills vidare.

Daniel Gröndahl var då fem år och hade mist båda sina föräldrar, mamman satt i fängelset och fadern mördad. Han var estnisk medborgare så det blev estniska myndigheter som utsåg förmyndare åt honom. De valde en kusin till Ksenia som hette Roman Pavletsov, som då var bosatt i Tallinn. Det påstods att han hade haft ett företag i byggbranschen, men att han nu levde på pengar. Det innebär antagligen att han svart jobbade och inte betalade skatt. Han var gift och hade två barn. Hur estniska myndigheter resonerade då de utsåg Roman till förmyndare är svårt att förstå. Kan det möjligen vara så att de inte är omutbara?

Thomas hade inte skrivit något testamente så det blev automatiskt Daniel som stod som enda arvingen till det arv han lämnade efter sig. Som förmyndare till Daniel blev det alltså Roman som stod som ägare av företagen i Daniels namn. Till förvaltare av Thomas dödsbo utsågs advokat Magnus Ullman. Kemin mellan Magnus Ullman och Roman var inte den bästa. I ett TV program om fallet sade Ullman. "Roman ser ut som en slusk och uppför sig som en slusk och tillför inte företaget något."

Från första början försökte Marianne få vårdnaden om Daniel, men de sociala myndigheterna ansåg att hon var för gammal. Efter en tid beslöt Roman att han skulle flytta till Fagersta för att kunna leda "sitt företag". Han bosatte sig med sin familj i Thomas hus, det tillhörde nu Daniel. Det var både bra och dåligt för Mariann, bra för hon fick träffa Daniel oftare, dåligt för hon bodde så nära Thomas hus att hon dagligen såg släktingarna till den som mördat hennes son. Hon var helt enkelt rädd för sina nya grannar och det förstår man.

Gröndahls företag var strukturerade som en koncern, moderbolaget var Fårbo Capital Aktiebolag och dotterbolaget var Oljetransport i Fagersta AB. Och Thomas stod som ägare och VD för båda företagen. Den första tiden blev alltså Marianne VD för båda företagen. Men efter ett år och åtta månader utsåg Ullman nya VD ar till de två företagen. Det blev Roman och Torbjörn Ander som fick uppdragen. Torbjörn ägde sedan tidigare ett bolag som hette Gullvalls torv. I egenskap av förvaltare var det Ullmans uppgift att verka för att koncernen fungerade så länge den var ett dödsbo. När alla delar med arvsskiftet var klart skulle ägandet gå över till

Daniel som skulle förvalta det genom Roman tills Daniel blev myndig. Det var Oljetransport i Fagersta AB som bedrev verksamheten med oljetransporter. Moderbolaget Fårbo Capital hade inga anställda och svarade för i huvudsak förvaltning av koncernens utrustning.

Under den tiden som Marianne satt som VD fungerade affärerna ungefär som när Thomas levde och ekonomin i företagen var bra. Marianne hade då full insyn i alla transaktioner och det var antagligen av den anledningen som Ullman och Roman ville hon skulle sluta som VD. Det var ett beslut taget av Ullman och Roman. När Marianne slutade och de nya direktörerna tillträdde började huggsexan med att slakta koncernen. Det var inte bara ryska maffian som deltog, Även svenska Torbjörn Anders var inblandad och Ullmans roll är också under utredning. Resultatet var att båda företagen gick i konkurs 2015.

Anledningen till konkursen var i första hand vanskötsel, ingen skaffade nya kunder när kontrakt gick ut. Men det förekom också slöseri, en av dom första åtgärderna som Torbjörn gjorde då han tillträdde posten var att ordna en älgsafari för hela personalen. Det är lätt att vara generös med andras pengar. En märklig transaktion som Torbjörn gjorde var att sälja sitt företag Gullvalls Torv till Fårbo Capital och sedan efter konkursen köpa tillbaka det för en betydligt lägre kostnad. Man får intrycket att konkursen var planerad. Roman köpte en lägenhet i Västerås för företagets pengar, han bor fortfarande där och lägenheten är nu värderad till två miljoner kronor. En utredning pågår fortfarande om vilka oegentligheter som föregått konkursen och om Roman betalat skatt för löner han plockat ut ur företaget. Man kan bara hoppas att utredningen blir klar och de skyldiga blir lagförda för de bedrägeri som troligen har föregått konkursen.

28 Daniel

Om man googlar på Roman Pavletsov så får man fram en bild på Roman med Daniel i famnen. Fotot verkar vara ungefär åtta år gammalt. Under bilden står det "Jag och min fru kommer att ta hand om honom, vad som än händer." Det visade sig vara en lögn.

Den största förloraren i den här historien är, förutom Thomas, Daniel. Han har antagligen inget minne av fadern, men han blev utan mor och far vid fem års ålder. Han fick då flytta till Kesenias kusin Roman. Och efter ytterligare något år flyttade han med sina fosterföräldrar till Fagersta. Ett nytt land med ett språk han inte kunde. De bosatte sig i Thomas hus, som nu egentligen tillhörde Daniel. Den enda fördelen för Daniel var att han nu oftare kunde träffa och lära känna sin farmor Marianne som bara bodde hundrafemtio meter från deras hus.

Marianne har berättat att Daniel inte fick samma omvårdnad som Romans egna barn. Daniel fick bo ensam på nedre botten i huset och han var mörkrädd. Det slarvades också med mat och skötsel av kläder så han kom ofta till Marianne när han var hungrig.

Marianne kontaktade de sociala myndigheterna i Fagersta, men de vidtog inga åtgärder.

Efter en tid tröttnade Romans fru på att bo i skogen så de köpte en lägenhet i Västerås, för företagets pengar, och hon flyttade dit. Roman stannade kvar och skulle ta hand om barnen och försäljningen av huset han ordnade också en auktion där Thomas lösöre såldes. När det var klart lämnade han bara Daniel utanför Mariannes hus med en väska där hans kläder var. Hans intresse för Daniel upphörde tydligen då alla pengar i företaget var försnillade.

Daniel fick nu bo en tid hos Marianne medan sociala ordnade ett familjehem i närheten. Det är anmärkningsvärt att de sociala myndigheterna i Fagersta reagerade först när Daniel i princip blev utkastad av sin förmyndarfamilj, trots att Marianne flera gånger påtalat att han inte hade det bra hos förmyndaren. Nu är Daniel femton år och bor i familjehemmet, det går bra för honom i skolan och på fritiden spelar han trumpet. Han träffar Marianne var annan helg och det verkar vara något som båda uppskattar. Hans mor avtjänade nio år i fängelse, att hon inte blev benådad efter två tredjedelar av tiden, som brukligt är, berodde på att hon hade tio anmärkningar för dåligt uppförande. Men hon är nu släppt och lär arbeta på en tvättinrättning i Estland. Under hela tiden efter rättegången har hon inte försökt att få kontakt med sin son, det är ett ovanligt att en mor frivilligt helt släpper kontakten med sitt barn. Det säger en del om hennes egenskaper som mor. Att Daniel inte haft kontakt med sin biologiska mor under uppväxten är naturligtvis tragiskt, men med en moder som är dömd för medhjälp till mord är det säkert bäst för Daniel att ha så lite kontakt som möjligt med henne.

Valentina kom ut efter sju år för hon skötte sig bättre, hennes vidare öde är okänt. Hon har hela tiden varit styrd av storasyster Kesenia, utan hennes dåliga inflytande hade hon säkert inte hamnat i fängelse.

Arkadi sitter fortfarande i fängelse, jag har inte fått några uppgifter att hans livstidsstraff har tidsbestämt. I början avtjänade han sitt straff på Hall men han har troligen flyttat så nu vet jag inte vad han sitter. Jag har varit i kontakt med fångvårdsmyndigheterna för att få kontakt med Arkadi, men det verkar som han inte är intresserad av att berätta sin version av det som hänt för han har inte svarat på mina brev. Även systrarna har undvikit att medverka i någon intervju. Och om man skall vara ärlig skulle jag inte heller ställa upp på intervjuer om jag gjort det dom dömts för.

Daniel skall vara glad att han har Marianne som farmor. Hon har kämpat för att bevaka hans intressen och flera gånger varit i kontakt med sociala myndigheter. Hon har också varit den fasta punkten i hans tillvaro. När Marianne berättar om sitt barnbarn ser man på henne att det verkligen är något som engagerar henne, de har gjort utflykter till djurparker och de brukar besöka Thomas grav. Hon berättar också att hon testamenterar det hon äger till Daniel så han får det när han är tjugoett år. Arvet efter Thomas har den ryska klanen försnillat. Jag hoppas att Daniel får ett bra liv och att han då han är myndig klipper alla band med den ryska maffian som har förstört hans barndom.

29 Epilog

En tanke som slagit mig då jag skrivit denna bok är att även om man till punkt och prick följer lagen kan allt bli fel. I det fall som jag beskrivit har en person som bevisligen var en duktig entreprenör, vald till årets entreprenör i Västmanland, blivit mördad. Familjen Gröndals livsverk har utraderats och de skyldiga är lagförda. Som jag kan se är anledningen till att det blivit så fel att estniska myndigheter kunde utse en mördares släkting till förmyndare till Daniel, som var enda arvtagare till Thomas. Jag kan förstå att svenska myndigheter inte kan påverka beslut som är tagna i Estland. Men då familjen Roman flyttade till Sverige skulle de svenska myndigheterna gått in och valt en svensk förmyndare. Hur skulle Roman, en arbetslös estnisk svartjobbare, kunna lotsa in Daniel i det svenska samhället. Han kunde inte svensk eller engelska. Och det viktigaste för Daniel i den situationen var naturligtvis att lära sig svenska.

Om man slår upp ordet "förvaltare" får man följande förklaring: *En förvaltare fungerar som ställföreträdare för den som inte själv kan tillvarata sina intressen.* Den som är i behov av förvaltare kallas "huvudman".

I det här fallet var Ullman förvaltare och Daniel huvudman. Man kan då ställa sig frågan, har Ullman tillvaratagit Daniel intressen om företaget gick i konkurs c.a fyra år efter att Ullman gick in som förvaltare. Dom första tjugo månaderna satt Marianne Gröndahl som VD för koncernen. Marianne har berättat att när hon mot sin vilja fick lämna posten efter tjugo månader var ekonomin i företagen ungefär som när Thomas mördades. Men sedan tvingades hon lämna posten och hon ersattes med Torbjörn Ander och Roman.

Sedan satt Ullman med armarna i kors och såg hur företaget dränerades på kapital. De personer han tillsatte som direktörer verkar bara ha ett mål för ögonen och det var att tömma företaget på kapital. Jag har hört att Roman utreds för ekonomisk brottslighet. Jag anser att även Ullman bör utredas för samma sak. Det är faktiskt Ullman som tagit in Roman och Ander i företagen. Ander sålde sitt företag till Gröndal koncernen och köpte tillbaka det då företagen gick i konkurs. Man får intrycket att konkursen är planerad och den stora frågan är då, vilket ansvar har en förvaltare och kan han ställas till svars för att medverkat till konkurserna? Frågorna Ullman bör besvara är 1. Varför fick Marianne sluta som VD när affärerna gick bra? 2. Varför satte inte Ullman ner foten när de nya direktörerna körde företagen i botten? Av boksluten borde det framgått vad som höll på att hända? 3. Hade han själv några ekonomiska intressen i verksamheten?

Slutligen kan man konstatera att det tydligen finns en rysk maffia. Men att det inte är en homogen organisation utan består av kriminella grupperingar med varierande antal medlemmar. I det här fallet bestod gruppen troligen av fyra personer. Det som hände med Thomas företag efter hans död visar att även Sverige har kriminella nätverk, men de arbetar lite annorlunda än sina kolleger i öster.

Del 2   EN MÖRDANDE DUO

Då det gäller del 2 "En mördande duo" så fick jag upp den tragiska händelsen hela tiden då jag gjorde olika sökningar på nätet om samt när jag pratade med människor som var bosatta i Fagersta. De som är bosatta i Fagersta har det i färskt minne, och jag blev också uppmanad att skriva om det i stället. Det beror naturligtvis på att det mordet ligger närmare i tiden.

Mordet på Nella är två galningars verk, en av dom lär vara borta de närmaste tjugo åren. Men den så kallade fjortonåringen är troligen redan ute och har antagligen bytt namn och bor inte på orten längre. När jag pratade med en nära anhörig till Nella berättade han att alla i Fagersta vet vem "fjortonåringen" är och vad han heter, - trots att media försöker mörka det. Hans råd var att fjortonåringen aldrig mer skulle visa sig i Fagersta, - om han inte ville råka illa ut. Enligt samma källa hade tydligen fjortonåringen först varit på något hem i tio månader, vart han flyttades sedan visste han inte. Det kan vara den yngling som din dotter dejtar. Ingen trevlig tanke för någon förälder, men det blir så när samhället alltid sätter förövaren i första rum.

Myndigheternas inställning att unga brottslingar inte skall kunna straffas, dom får "ungdomsrabatt", anser jag sänder fel signaler till ungdomar som är på glid. Det utnyttjas ofta av äldre kriminella, det ser man på

att många av de som utför "skjutningar" är mindre-
åriga och slipper straff.

30 Uppväxten.

Johan Fallqvist, den äldre av mördarna är född 25 april 1990 på en gård någon mil utanför Ludvika. Han är yngst av en syskonskara på tre barn. Hans förutsättningar är inte de bästa, hans far har psykiska problem och misshandlar Johan verbalt. Hans mor är undfallande och visar inte Johan någon kärlek, även hon är utsatt för faderns humörsvängningar. Men man kan konstatera att Johans syskon klarat sig bra, de har utbildat sig och flyttat hemifrån. De tycks inte ha tagit skada av uppväxtmiljön. John var sent utvecklad och började prata först i sexårs åldern. Det verkar som han led av det handikappet under hela skoltiden.

Redan från första början blev han mobbad och fick inga kamrater. Han hade gosedjur med sig till skolan och hans klasskamrater ansåg att han var för barnslig och han blev utfrusen.

Han gick mycket för sig själv och det självförtroende han möjligen haft tappade han mer och mer. Då det gällde skolarbetet klarade han det utan att på något sätt utmärka sig. Hans skolkamrater har i efterhand beskrivit honom som någon man kunde vara med om man saknade andra kamrater. Vid några tillfällen stal han pengar hemma och bjöd sina klasskamrater på godis och läsk. Allt för att få vara med dem. Det var också så att flickorna i klassen deltog i mobbningen. Det verkar som om han där fått ett kvinnohat som han fortfarande bär på. Det var ytterst förnedrande för Johan och han slöt sig ändå mer inom sig själv. Redan tidigt hade han ett stort intresse för vapen, knivar och soft air gun. Ofta tog han med knivar och luftpistoler till skolan. Han har berättat att han vid ett tillfälle skjutit en flicka i klassen i huvudet med ett sådant vapen utan att han blivit upptäckt.

På gamla skolfoto kan man se Johan, ofta en bit bakom sina klasskamrater. Han är stor till växten och har en stickande blick. Vid ett tillfälle, när han gick sista året, var det en flicka i klassen som han var kär i. Han skrev ett brev och lade det i hennes skåp. Hon tog brevet, skrattade och läste upp det för sina klasskamrater. Det var en förnedring för John och han gick hem och skrev ytterligare ett brev till henne där han beskrev hur han skulle mörda och våldta henne. När flickan hittade det i sitt skåp blev hon livrädd och visade läraren det. Läraren läste upp brevet inför klassen och polisanmälde Johan. Resultatet blev att Johan dömdes till samhällstjänst och fick inte gå i skolan mer. Han fick avsluta sina studier genom att läsa i hemmet. På så sätt tappade han ytterligare möjlighet till att få några kontakter utanför hemmet. Johan var familjens svarta får och Johans far tog alla tillfällen att påminna honom om det.

Efter grundskolan kom han in på gymnasiets sjuksköterskelinje. Han hade dåliga betyg så det var den enda linje han kunde komma in på. Där blev det något bättre för honom även om han inte blev en i gänget. Efter skolan gick Johan hemma, han hjälpte till med en del arbete på gården men han satt ofta och spelade dataspel. Hans intresse för vapen blev nu ändå mer markant, hanns rum var fyllt med knivar, yxor och soft air gun.

31 Efter skolan.

När Johan slutat gymnasiet blev det inte av att han skaffade sig något arbete. Utöver kontakten med familjen hade han ingen att umgicks med. Hans syskon hade redan lämnat hemmet så den enda kontakt han hade med andra människor var fadern, som var psykiskt sjuk och modern som han upplevde som kall och frånvarande.

Den enda som verkade engagera sig i Johans situation var hans bror. När han var hemma och hälsade på blev han orolig för sin yngre brors mentala hälsa. Han lyckade få John att gå i terapi och försökte få honom att flytta hemifrån. Johans intressen var fortfarande vapen och spel, det verkade som han på något sätt stannat i mentala utveckling. Både brodern och terapeutens var överens om att det var skadligt för Johan att gå hemma. Men det dröjde ändå åtta år innan Johan flyttade. Det var hans bror som köpte en enrumslägenhet i Fagersta som Johan fick hyra i andra hand. Att det blev Fagersta berodde på att brodern ansåg att det var en relativt lugn plats utan kriminella gäng. Brodern hjälpte honom också att komma i gång med praktiska saker som att betala räkningar och liknande. Man skall ha i minnet att Johan alltid bott hemma och inte lärt sig att klara sig själv. Från första början trivdes Johan med att flytta hemifrån. Det säger en del om hur han hade det hemma. Ett problem var dock att han nu kom till en plats där han inte kände någon. Han sökte jobb utan att få något och för att få tiden att gå drev han omkring i Fagerstas omgivningar. Han var stor till växten 193 cm lång och vägde 119 kg så det var lätt att känna igen honom. Han började läsa teorin för körkort och ville bli bilförsäljare. Under sina vandringar i fagerstads omgivningar träffade han på ungdomsgäng som han blev bekant med. Han bar ofta vapen med sig på sina promenader och dom visade han ungdomarna som blev imponerade. Att han umgicks med minderåriga var något som hans terapeuter varnade honom för. Hon sade att hon var tvungen att anmäla honom för polisen om han inte slutade med det.

Men Johan brydde sig inte om varningarna utan fortsatte att umgås med tonåringarna. Han började köpa sprit och snus till dom och han tog upp dom i sin lägenhet. I efterhand har ungdomarna sagt att han var konstig men "sjyst" för att han langade åt dem och hans lägenhet blev som en ungdomsgård för dem. Där kunde dom samlas för att spela datorspel och dricka sprit. Johan var med i gängen och spelade fotboll och fiskade. 2018 var ett mycket varmt år och Johan och hans nya vänner gick ofta och badade. Men ungdomarnas föräldrar märkte att han langade sprit till deras minderåriga ungdomar så dom kontaktade polisen. Men tyvärr nöjde sig poliserna med att köra förbi hans lägenhet och kolla att det inte var något bråk. Dom konfronterade aldrig Johan om langningen, något som senare skulle visa sig vara ett stort misstag. Det verkar inte förekomma några kvinnor i Johans bekantskapskrets och ingen har nämnt något om att han försökt kontakta någon. Kanske hade hans erfarenhet från sitt försök att få kontakt med det motsatta könet i skolan, gjort att han inte hade självförtroende nog att försöka på nytt.

32 En ny kompis

När Johan bott några månader i Fagersta, besökte han stadens judoklubb. Där träffade han en ung grabb som senare kom att kallas "fjortonåringen" i media. Mötet mellan dom kom att bli ödestiget, men det var inget som man kunde förutse då. Att han var så ung gjorde att han i princip kunde göra vad som helst utan att bli straffad. Jag kommer i fortsättningen att kalla fjortonåringen för Ari.

Ari var en andra generationens invandrare, hans föräldrar hade sina rötter i Finland. Han hade haft en problematisk uppväxt och hans föräldrar, som bodde i Fagersta, hade varit i kontakt med sociala myndigheter. Anledningen var att han trots sin låga ålder var borta på nätterna och drack sprit. Man får det intrycket att hans föräldrar inte kunde styra honom, han gjorde som han ville och föräldrarna stod handfallna.

Ari och Johan kom att bli vänner. De var ett udda par, Johan en jätte som vägde 119 kg och Ari som knappast vägde hälften så mycket. När de var ute och gick såg det mer ut som far och son. Men trots deras olika yttre så fördjupades deras vänskap. De fördrev dagarna med att bada eller fiska. Dom "krigade" också med sina soft gun i skogen och tittade på filmer hemma hos Johan. Ari sov ofta över i Johans lägenhet. Det säger en hel del om Aris hemförhållande, han var fjorton år och sov över hos tjugoåttaåringen - utan att föräldrarna verkar ha reagerat.

För Johans del var det kanske första gången som han hade en kompis som han kunde prata med om allting. För Ari kunde Johan avslöja sina hemliga drömmar, sådant han inte kunde säga till vuxna. Han avslöjade att han hade en hemlig dröm att döda någon. Han hade hört att det gav en euforisk känsla. Helst ville han naturligtvis döda någon som mobbat honom. Men de som gjort det fanns inte i Fagersta, så han fantiserade om att döda någon annan - vem spelade mindre roll för honom. Han ville på något vis slå tillbaka mot alla som mobbat och marginaliserat honom. Antagligen var det något som han gått och funderat på ända sedan skoltiden. Men nu hade han fått ett moraliskt stöd av Ari, och han var redo att låta fantasierna övergå till handling.

Man kan undra varför Ari valde att undgås med en vuxen man som var dubbelt så gammal som honom. Vi vet inte så mycket om hans uppväxt, men kanske blev Johan en fadersfigur för honom. Kanske hade han ingen manlig förebild hemma. Eller så var det helt enkelt så att jämnåriga kamrater av någon anledning inte ville undgås med honom, kanske tyckte dom att han var störd. Vad vi vet är att Ari hade en hemlig dröm att våldta någon kvinna, och de satt ofta på kvällarna och pratade om hur de skulle kunna förverkliga sina perversa drömmar. Att dom kom så bra överens berodde

antagligen på att Johan mentalt befann sig på en fjor-
tonårings nivå.

33 Nu eller aldrig.

Under fem sex veckor umgicks dom nästan dagligen, och de pratade mer och mer om sina hemliga drömmar, dock i allmänna ordalag. Den udda vänskapen som uppstått mellan Johan och Ari kan bero på att Johan kände sig attraherad av Ari. Man skall ha klart för sig att han var tjugoåtta år och aldrig haft någon relation till kvinnor. Män som sitter i fängelse och helt saknar kontakt med det motsatta könet brukar ofta bli homosexuella. Det som drev Johan var antagligen också att han hade en vilja att människor skulle se honom - och vara rädda för honom. Men han bar också på ett hat till kvinnor. I sin fantasi hade han drömt om att förnedra dem, och njuta av att se deras rädsla. Han har ett sadistiskt drag som han tidigare inte fått utlopp för. Nu har han en kompanjon som delar hans sadistiska böjelse och risken att det som tidigare varit fantasier, nu skulle kunna bli verklighet ökade. För Ari var det säker mer sexuella tonårsdrömmar som var på väg att förverkligas. Johan var för honom en person som han såg som en äldre och mer erfaren ledare. När Johan tog hans drömmar på allvar bekräftade det att det var något han kunde förverkliga.

På måndagskvällen 23 juli träffades i Johans lägenhet. De åt pizza och snackade. Ingen av dom drack alkohol. Ari sade att han ville våldta någon snygg tjej som var mellan 20 och 30 år. Johan såg på hans ansiktsuttryck att han menade alvar. Själv ville han döda någon så han sade till Ari att om han gjorde det så skulle han döda offret efteråt så att det inte fanns några vittnen. De var båda överens och började diskutera detaljer och tidpunkt för brottet. Johan som brukade titta på TV program som "efterlyst" och "I huvudet på en mördare" visste att DNA spår ofta fällde brottslingar. Så han sade till Ari att han måste ha kondom då han genomförde våldtäkten, - i annat fall skulle dom åka fast. För att ytterligare vara säkra på att inte lämna något dna skulle dom också ha plasthandskar på då mordet begicks. En annan sak som dom måste tänka på var att deras mobiltelefoner kunde undersökas så dom skulle inte ringa till varandra den dag dom bestämt att mordet skulle ske. Slutligen bestämde de att mordet skulle ske torsdagen den 26 juli.

Det skulle vara intressant att veta hur Johan och Ari fick pengar till godis filmhyra och framför allt sprit. Ingen av dem jobbade eller hade jobbat. Ari hade över huvud taget ingen inkomst utom möjligen det han fick från sina föräldrar i form av veckopengar. Johan fick antagligen pengar från det sociala, men det är konstigt att han fick så mycket att han kunde köpa sprit till ungdomarna. Johan hade också en ansenlig samling air gun, luftpistoler och knivar, vem hade finnanserat köpet av dem? Det är märkligt att en person, i sina bästa år blir försörjd av det sociala utan motprestation. Han hade dessutom gått vårdlinjen i gymnasiet. Det är en akut brist på personal inom vården, varför arbetade han inte där?

34 Sökande efter offer.

Den 26 hade Johan beställt sprit och Ari kom hem till Johan klockan 17:45. De spelade Tv-spel och gick till ICA och köpte godis och läsk. De återvände till lägenheten och tittade på film. Vid 22:30 tiden stängde dom av filmen och pratade om var dom skulle söka för att finna ett lämpligt offer. Sedan tog dom på sig kläderna som dom skulle ha. Johan hade en svart keps och en svart rånarluva med sig. På sig hade han en svart bomber-jacka och svarta Puma byxor. På fötterna hade han svarta Walking skor. Ari hade en svart huvtröja och svarta Adidas byxor, skorna var också svarta med vita sulor. Han hade vatten, alkohol och en handduk, som han bar i en svart ryggsäck med Adidas tryck. Ari hade också med sig två soft air guns, en med ljuddämpare och en "Baretta". Johan tog också med sig två soft air gun samt en kniv som han visade Ari.

När de lämnade lägenheten var klockan ungefär 23:50. Om man inte visste vad som skulle hända skulle man kunna skratta åt de två kumpanerna. Ari hade hela kvällen druckit sprit så han började redan bli full. Det var alltså en full fjortonåring och en tjugoåttaåring, som mentalt var på en fjortonårings nivå. De hade vinterkläder fast det var en så kallad tropisk natt med över tjugo graders värme. Och de var utrustade med en arsenal leksaksvapen, om man bortser från kniven.

Först gick dom till ett badställe vid sjön, och Ari badade trots att Johan avrådde honom för han tyckte att han var för full. Sedan gick dom till rastplatsen vid Kungsbron vid Strömholms kanal. Där var de någon timme och Ari fortsatte dricka, vatten och alkohol. Sedan fortsatte de mot Hamnkrogen, på vägen dit ringde Aris far. Då dom kom fram till Hamnkrogen var det inga människor där. De slog sönder några flaskor och glasskålar samt ett fönster. Sedan sprang dom därifrån. Ari fick också med sig en flaska sprit. Sedan gick dom tillbaka till rastplatsen som dom kom från. Johan hade använt några plasthandskar som gått sönder, dom fyllde han med grus och kastade i vattnet. Ari gick en sväng längs cykelvägen för att se om han kunde hitta någon tjej att våldta. Sedan kom han tillbaka och de fortsatte att gå. Ari sade att han mådde dåligt och lade sig på en gräsmatta. Johan själv gick ut på vägen och sköt prick på bilar som kom med sin soft air gun.

Han träffade till slut en lastbil och gick sedan tillbaka till Ari. Han vet inte varför han sköt på bilarna, han tyckte det var fränt. Någon borde ha sett honom för han stod under en gatlampa. Ari sade att han mådde illa och satte sig på en bänk.

De såg en person komma samma väg som de själva gått. Först såg dom inte om det var en man eller kvinna, men sedan såg dom att det var en kvinna. Johan sade det till Ari, men han började tveka och tyckte inte att det var okej att attackera en försvarslös kvinna. Johan tyckte att Ari var en jävla fegis och sade åt honom att rycka upp sig, de hade ju planerat detta tillsammans. Han påpekade att det var straffbart att bara planera en sådan sak. Ari rykte då upp sig och sade att det skulle vara häftigt att genomföra det.

35 Katastrofen

Kvinnan som kom var den tjugoåttaåriga Nella Olander, hon hade en dotter som hette Fanny som var i sexårsåldern.

Nella hade antagligen varit på fest, för hon var något berusad och gick ostadigt. Hon kände varken Ari eller Johan.

Hon kom närmare och Ari spelade sjuk och Johan frågade henne om hon kunde hjälpa till att få Ari till sjukhus, för han mådde inte så bra. Hon sade bara till honom att ringa efter ambulans och gick vidare. Det retade antagligen Johan, att hon inte reagerade och blev rädd för honom. Han hade rånarluvan på sig men stod lite i skuggan så hon såg den kanske inte. Två cyklister passerade, och de började följa efter henne på cirka två hundrafemtio meters avstånd. Ari i sin tur gick ungefär femtio meter efter honom och vinglade en del, men var helt med på det hela.

Strax efter det att de passerat sjukhusparken, sa Johan till Ari att han skulle genskjuta henne. Han sprang över vägen och tog fram sin pistol när han kom fram och ställde sig vid buskaget, vid ingången till gångtunneln där Nella kom gående. Han fick vänta någon minut innan hon kom.

Hon fick se honom när hon kom fram till gångtunneln, han hade en pistol riktad mot henne och sade åt henne att stanna. Hon vägrade och han riktade pistolen mot hennes huvud. Hon frågade "varför" och han skrek att hon skulle gå ner i tunneln. Han var arg, han tyckte att hon var dryg och ifrågasättande. Johan hade förväntat sig att hon skulle vara livrädd, men hon bara stod där med en ganska nonchalant hållning. Han upprepade att han och hans kompis ville ha kul med henne. Ari kom fram och Johan beordrade honom att ta fram sin pistol och rikta den mot hennes rygg. Till Nella sade han att om hon rörde sig eller börja skrika skulle han skjuta henne. Sedan frågade han hur gammal hon var och vad hon hette. Hon svarade; "jag heter Nella och är 28 år." Sedan frågade hon igen "varför", och han svarade. "Är det inte så lustmördare gör, dödar för att det är kul?" Han sade det för att skrämma henne.

Sedan lyckades de få ner henne i tunneln, Johan sade att Ari skulle gå framför henne och han gick bakom. När de kom till mitten av tunneln beordrade Johan henne att stanna, han nickad mot Ari och sade "du kan börja". Men det var sådant eko i tunneln så Ari ville att de skulle fortsätta ut på andra sidan. Där var det en grässlänt. Ari gick baklänges med sin pistol riktad mot hennes bröst och Johan gick bakom henne. Han gav henne order att sätta sig i slänten. Ari tog fram ryggsäcken och började leta efter kondomer, men det visade sig att han glömt att ta med några. Johan blev förbannad och menade att nu kunde inte Ari göra det han tänkt för de skulle spåras via DNA. Han sade också till honom att han var en idiot. Medan Ari rotade i ryggsäcken satte Johan sig i slänten och frågade om hon hade någon mobiltelefon. Hon svarade att hon låg på den, och han vidhöll att han ville ha den och undrade om hon skickat något SMS eller ringt till någon. Hon svarade nekande på det och han tog fram telefonen.

Han beordrade henne att lägga sig på magen och Ari försökte dra av henne byxorna utan att lyckas. Hon fick då gå ner på asfalten och själv ta av sig byxorna. Hon beordrades sedan att åter lägga sig i slänten och Ari drog av henne trosorna. Han försökte ha samlag med henne utan att lyckas. Det var antagligen första gången för honom. Nella frågade om det gick bra för honom, och han svarade att hon skulle vara tyst och inte göra något dumt, sedan sade han åt henne att lägga sig på ryggen. "Ju snabbare vi blir klara desto snabbare skulle hon få leva". Han lyckades nu genomföra samlaget och han berättade vid förhöret att han tror att Nella grät med armen över ansiktet. Under tiden gick Johan ner till cykelbanan för att kolla att ingen kom. När Ari var klar lade han sig över Nellas ansikte och sade till att öppna munnen. Men hon vägrade och både Johan och Ari skrek till henne att öppna munnen. "Annars kommer vi att göra saker du inte vill tänka på". Till slut öppnad e hon munnen och Ari förde in sin penis tre fyra gånger. Nella hade stängt ögonen och tårar rann på hennes kind. När Ari var klar drog han upp byxorna och tog på sig ryggsäcken. Klockan hade nu hunnit bli tre och det började ljusna så han ville att dom måste gå. I förhör påstår Ari att Johan skulle ha hotat honom med kniven men det är antagligen inte sant och det förnekas av Johan.

Johan tar fram kniven, tvekar en kort stund men går sedan fram till Nella. Hon frågar om han mins vad han lovat, att hon skulle få leva om hon gjorde som de sade. Han påstod att han inte hade något minne av att han sagt så och sade åt henne att lägga sig på magen. Han tog på sig plasthandskarna som han haft i fickan och ställde sig över henne. Hon hade armarna efter sidorna så han tog i hennes hår och drog med kniven löst över hennes halls. Meningen var att hon skulle förstå att han menade alvar och inte göra något dumt. Men hon drog samman kroppen och började skrika. Johan påstår att han sagt till henne att hon inte skulle skrika, han tror att hon sade förlåt. Det var då han högg henne ett antal gånger med kniven dels mot halskotan dels mot strupen. Han vred om kniven vid de två första huggen för att hon skulle förblöda snabbare. Det började välla fram blod ur halsen och munnen hon försökte stoppa blodflödet med händerna men Johan hindrade henne. Nella måste ha varigt utom sig av skräck, något värre kan ingen människa råka ut för. Ari gjorde inget för att stoppa mordet. Johan trodde att hon var medvetslös nu så han torkade av kniven och tog av sig handskarna. Då skrek Nella en gång till och de sprang därifrån. Ari berättar sedan för polisen att de sprang några hundra meter och sedan gick de i snabb takt till Johans lägenhet. Väl framme i lägenheten

duschar Ari och han kastar tydligen kalsongerna
också. Han kommer överens med Johan att de inte
skall synas på ett tag tills allt lugnat ner sig. Senare vid
förhören påstår han att han hela tiden känner sig hotad
av Johan. Om han verkligen känt sig hotad av Johan
är det inte troligt att han skulle stannat kvar och du-
schat. Det är sådana lögner som hela tiden kommer
från Ari under förhören, det gör att jag tror att han var
minst lika pådrivande som Johan.

36 Utredningen påbörjas.

Tidigt på morgonen den 27 juli vid femtiden var Arvid Bergström på väg till jobbet. Under sommaren cyklade Arvid den vägen, och då passerade han genom gångtunneln. Vid mynningen såg han någon ligga i slänten bredvid gångvägen, det visade sig vara Nella Orlander. Han ställde cykeln och gick fram till kvinnan. Han såg att hon var blodig och delvis utan kläder. Han ringde 112 och beskrev situationen. På larmcentralen sade de till honom att pressa något tyg mot såren på halsen för att stoppa blodflödet. När han gjorde det tyckte han att hon svalde en gång, men han är inte säker.

Ambulansen anlände efter ungefär tjugo minuter. Ambulanssjuksköterskan Jenny Aldersdotter berättar att då de kom fram till mordplatsen satt en man och tryckte en tröja mot en kvinnas halls. Han uppgav att hon nyligen svalt men Jenny såg genast att hon var död. Huden på offret var ljummen och hon drog slutsatsen att kvinnan avlidit alldeles innan de kom. Rättsläkaren Jean-Francois Michard konstaterade vid obduktionen att knivhuggen inte varit omedelbart dödande, men att hon säkert förlorat medvetandet efter bara några minuter. Att hon svalde då Arvid lade tröjan mot hennes halls kan vara en sväljreflex. Han påpekar också att det alltid är svårt att i efterhand ange någon exakt tid när hon skulle ha avlidit. Hon blev knivskuren vid tretiden och Arvid fann henne vid femtiden. Så hon låg ungefär två timmar innan hon blev funnen. I efterhand får man hoppas att det var som läkaren sade, att hon nästan genast förlorade medvetandet.

*

De båda kumpanerna sprang den första biten mot Johans bostad, sedan gick dom den sista biten. Det syntes att Ari inte mådde bra. Johan mådde heller inte bra men han visade det inte. Han tyckte att Ari var en fjant. Väl hemma i Johans lägenhet gick Ari till toaletten och tvättade sig noggrant, även kalsongerna tvättade han. Han sade till Johan att det var säkrast att de bröt kontakten en tid, och Johan höll med. De lovade också varandra att inget säga till polisen, ett löfte som båda bröt. Sedan gick Ari hem och Johan tvättade kniven och tog fram Nellas telefon och tittade om det var någon han kände i hennes telefonlista, Aris far var den enda namn han kände igen. Sedan tog han telefonen och kastade ut den genom fönstret. Polisen hittade den senare. Slutligen satte han sig och såg på en film. Han somnade vid femtiden.

*

Brottsplatsundersökningen visade att Nella träffats av nio hugg. Prov togs på blod som runnit ut i sanden och det visade sig innehålla sperma som med stor sannolikhet kom från Ari. Inga avvärjningsskador eller hudavskrap under naglarna kunde de finna. Av blodfläckarna kunde man avläsa att hon tillfogats skadorna då hon låg ner och att hon inte rest sig mer.

37 Arresteringar

Polisen påbörjade spaningsarbetet direkt och ett stort område spärrades av och förhör hölls med grannar. Men ingen verkade ha sett eller hört något. Området genomsöktes också med hundpatrull i jakt på mordvapnet, men utan resultat. Den polisiära närvaron i området var stor. Johan har svårt att sova påföljande natt. Antagligen hade han inte insett hur stort polispådraget skulle bli, och han funderade på om poliserna skulle hitta något som pekade mot honom och Ari. Att Ari lämnat DNA spår i form av sperma var ett problem. Men om polisen inte hade något DNA från Ari skulle dom ändå inte kunna hitta honom genom DNA sökning.

Påföljande kväll eller natt är Johan ute och går när en patrullerande polisbil får syn på honom. De stannar och pratar med honom, utan att veta att det är mördaren de pratade med. Johan sade bland annat att det var hemskt med mordet. Polisen misstänkte inte honom utan körde vidare.

När Ari kom hem efter mordet är han skärrad, han kan inte sova och slutligen pratar han med en släkting om att han var vittne till mordet, dock utan att berätta om sin egen delaktighet. Släktingen råder honom att kontakta polisen. Han menar att Ari inte gjort något men om han inte kontaktar polisen blir han delaktig i mordet. Ari kontaktar polisen och anmäler sig som vittne. Man kan undra hur Ari resonerar när han anmäler sig som vittne. Tror han att polisen inte skulle kunna räkna ut att han var delaktig? Han pekar ut Johan som mördaren, han borde insett att Johan då skulle peka ut honom som delaktig. Nu går allt snabbt Ari hämtas in till förhör.

Ari förhörs av polisen, först som vittne men sedan som misstänkt för delaktighet i mordet. Redan vid det första förhöret pekar han ut Johan som mördare. Enligt den första versionen som han berättar är han bara med som åskådare och blir helt överraskad när Johan oväntat mördar Nella. Han visar sig vara en notorisk lögnare som inte erkänner något förrän polisen kan bevisa eller motbevisa hans historier. Man kan säga att med sådana vänner behöver Johan inga fiender. Totalt kommer Ari med fyra historier som han ändrar efter hand beroende på vilka fynd polisen gör. Slutligen när han är överbevisad om medverkan till mord och våldtäkt, kommer han på att han var så berusad att han egentligen inte minns något. Man kan säga att hans uppträdande är som en erfaren brottsling. Han ljuger, slingrar sig och skyller allt på sin kumpan.

När polisen får besked från Ari att Johan utfört brottet så anhålles han, det sker helt odramatiskt. När han börjar förhöras nekar han till brott. Men han ändrar sig nästan genast och börjar berätta vad som hände. Berättelsen är mycket detaljrik och stämmer helt med de fynd polisen gör. Man kan undra vad det är som gör att han är så öppen med det han gjort. Jag har pratat med Nellas föräldrar, som var med på rättegången, och de berättar att han inte gav intryck av att ångra sig. Snarare var han stolt över att för en gångs skull få vara medelpunkt. När jag går genom handlingarna i domen får jag en känsla att det faktiskt är Ari (14 åringen) som är den drivande. Johan har under de senaste 9 - 10 åren inte gjort något som tyder att han skulle vara benägen att skada andra människor. Men plötsligt efter att ha känt Ari tre månader begår han ett mord. Ari har i en av sina versioner uppgivit att Johan hotat honom och att han genomförde våldtäkten under hot. Det är uppenbarligen en lögn, Johan har inte nämnt något om det i sitt erkännande. Jag tror att kombinationen av Ari och Johan är orsaken till att detta denna hemska händelse inträffar. Johan hade drömmar om våld och hämnd för sina tillkortakommanden då det gällde kvinnor. Men han var inte initiativrik nog att genomföra något. Samtidigt verkar han mentalt ligga på en tonårings nivå.

En del av skulden anser jag att polisen har. Dom fick en anmälan om att Johan langade sprit till minderåriga. Men dom åkte bara förbi och kontrollerade om det var något bråk utanför hans hus. Dom konfronterade inte honom. Om dom ingripit då och gett Johan böter för langning, är det troligt att Johan inte hade agerat som han gjorde. Han skulle ha haft en känsla att polisen hade ögonen på honom.

Ari hade liknande fantasier som Johan bar på, men saknade de fysiska förutsättningarna och våldskapitalet att utföra ett sådant dåd. Tillsammans blev dom en dödlig duo.

38 Polisutredningen

Polisen vill inte ha bara ett erkännande för att påbörja en rättegång, de vill också ha bevis som styrker erkännandet. Det visade sig ganska snart att det var Johan som var den mest trovärdiga. Samtliga mobiltelefoner togs i beslag, Aris, Johans och Nellas som hittades utanför fönstret till Johans lägenhet. Man kunde spåra var de gått och var de uppehöll sig vid olika tidpunkter.

Man kunde också konstatera att Nella inte haft någon kontakt med förövarna, men att hon varit i kontakt med en vän bara några minuter innan hon träffade mördarna. Av Johans och Aris telefoner kunde man utläsa att de rört sig mer än 12 km den aktuella natten.

I Johans lägenhet hittade man kniven som Johan använt. Den var noggrant tvättad men de kunde säkra spår av Nellas blod i skarven mellan handtag och skaft samt på slidan till kniven. Plasthandskarna som Johan använt vid mordet hittades i soporna och det var blod på som härrörde från Nella. Aris kalsonger hittades också i sopkorgen hos Johan, ingen kunde förklara hur de hamnat där. Bland soporna hittas också en t-shirt som också tillhört Ari. Åklagaren fann att det fanns underlag för ett åtalande. Ari var fjorton år och kunde således inte dömas för han var minderårig. Han omhändertogs sociala myndigheter. Ari är skyldig till en synnerligen grov våldtäkt, det var han som den 23 juli föreslog att dom skulle söka upp en kvinna som han kunde våldta. I samband med förhören ljög han och skyllde allt på Johan. Jag anser att han borde dömas i en domstol i samma rättegång som Johan dömdes. Är man vuxen nog att utföra ett sådant brott, då är man vuxen nog för att ta ett straff. Det hade också varit ett bättre avslut för de anhöriga. Det finns inget som hindrar att man dömer en minderårig i domstol. Man kan ta hänsyn till den låga åldern i samband med fastställandet av straffet. Men svensk rättvisa fungerar så att man alltid sätter brottslingen först och brottsoffren kommer i andra hand.

39 Rättegången

Rättegången hölls i Västmanlands tingsrätt, och det var endast Johan som stod åtalad. Hans försvarsadvokat heter Thomas Carlstedt.

Åklagaren var: Kammaråklagare Fredrik Sandberg

Målsägare: Camilla Malmström, Fanny Orlander och Kaj Ravila.

Målsägarbiträde: Advokat Maria Wilhelmsson

 De som var närvarande vid rättegången sade att Johan inte visade någon ångest utan verkade trivas med att vara i händelsernas centrum. Även videofilmer av förhör med Ari visades.

Johan dömdes till livstids fängelse för mord och våldtäkt. Livstids fängelse i Sverige innebär inte att den dömde sitter i fängelse hela livet. Straffet är inte tidsbestämt utan efter 10 - 12 år kan fången få straffet tidsbestämt, om fången skött sig under den tiden. Jag har hört att livstidsstraff i snitt är 14 år. Men i Johans fall lär det bli längre. Jag läste i tidningen att han satt i isoleringscell för att han hotat kvinnliga vakter med att våldta dem. Det hände alltså när den här boken skrevs år 2020. Den längsta tiden någon livstidsdömd för närvarande avtjänat är 32 år. Kanske kan Johan slå det rekordet. Hans status på fängelserna lär inte vara särskilt hög, så det kanske finns en anledning till att han vill sitta i isoleringscell.

Johan dömdes också till skadestånd till Fanny Orlander med 80 000 kr, Camilla Malmström 118 595 kr och till Kaj Ravila 80 000 kr. Totalt 278 595 kr. Naturligtvis har Johan inga pengar utan pengarna betalas ut av staten och Johan blir skyldig staten den summan. Domen är överklagad till Hovrätten men den har inte ändrats.

40 Några reflektioner

Jag är nu klar med boken och jag måste säga att jag är glad för det. Tidigare har jag skrivit och gett ut tre böcker, men det har inte varit böcker som beskriver verkliga händelser. Denna bok handlar om två autentiska fall som inträffat i Fagersta. När jag började skriva tänkte jag att det måste vara lättare att beskriva något som hänt än att själv dikta en historia. Men då tänkte jag inte på den omfattande research som man måste göra innan man skriver. Jag har läst in flera hundra sidor som utgjort domar och sökt på Google. Men det som varit mest påfrestande har varit att prata med de anhöriga och bekanta till offren. Det är ofrånkomligt att man river upp känslor som de inblandade försöker lägga bakom sig. Jag är ändå förvånad att så många anhöriga ändå har svarat på mina frågor, kanske är det så att det är ett sätt att få ett avslut också för dom. Utan deras medverkan hade det inte blivit någon bok.

Dom enda som konsekvent vägrat att medverka är huvudpersonerna i boken, alltså mördarna. Jag har vid tre olika tillfällen skrivit och försökt träffa dom på de anstalter där dom nu sitter och avtjänar sina livstidsstraff. - Men inte fått något svar. Jag vet att Arkadi skrivit ett brev till Marianne Gröndahl, kanske för att visa fängelsepersonalen att han blivit en "bra" människa. Man kan tycka att han genom att ställa upp på en intervju skulle kunna få en möjlighet att visa att han ångrar det han gjort. Att Johan skulle vara intresserad av en intervju hade jag inte räknat med. Men jag tror att det enda dom verkligen ångrar är att dom åkte fast.